吕贵品诗文集

蓝血爱情

吕贵品 著

吕贵品诗文集

3

海天出版社（中国·深圳）

图书在版编目（CIP）数据

蓝血爱情 / 吕贵品著. —深圳：海天出版社，2016.4
（吕贵品诗文集）
ISBN 978-7-5507-1598-1

Ⅰ. ①蓝⋯ Ⅱ. ①吕⋯ Ⅲ. ①诗集－中国－当代
Ⅳ. ①I227

中国版本图书馆CIP数据核字（2016）第066473号

蓝血爱情
Lanxue Aiqing

出 品 人：聂雄前
责任编辑：涂 俏
责任技编：蔡梅琴
责任校对：张 玫
装帧设计：李松璋书籍设计工作室

出版发行：海天出版社
地　　址：深圳市彩田南路海天综合大厦（518033）
网　　址：www.htph.com.cn
订购电话：0755-83460293（批发）83460397（邮购）
印　　刷：深圳市新联美术印刷有限公司
开　　本：787mm×1092mm 1/16
印　　张：14.5
字　　数：200千
版　　次：2016年4月第1版
印　　次：2016年4月第1次
定　　价：25.00元

目　录

解开纽扣

一个美丽的女人欣喜若狂
因为一个男人的一颗纽扣脱落了

女人找到了那颗纽扣
在灯下一针一线地细细叮咛：
可怜的孩子啊！不要丢失纽扣
不然风会伤害你的胸膛

男人的衣襟不再踉踉跄跄
男人像个孩子望着女人
却又张开双臂
如同夏天迎接满是鲜花的春天

女人扑进男人的怀里
然后平静地解开男人衣襟上的纽扣
一颗、两颗……手在颤抖

美丽的女人明白：
扣上纽扣的那件事一点也不美好
女人为男人缝一颗纽扣

完全是为了解开纽扣的那一刻
那一刻值得欣喜若狂

2012年10月29日

转　角

我走遍千山万水去喝一杯茶
那杯茶原本就是你的一声感叹

我走遍大江南北去摘一朵花
那朵花原本就是你的一抹微笑

我走遍崇山峻岭去寻一棵树
那棵树原本就是你的一片身影

我走遍五湖四海去驾一只帆
那只帆原本就是你的一阵歌声

我走遍一生只是为了找到你
在一个转角处和你撞了个满怀

2014年6月17日

贝 壳

在大海面前才有资格谈论爱情
沙滩上你依偎在我的怀里
悄悄问我：这么大的海能枯竭吗？

话音一落潮水漫过我们的脚踝
月亮慢慢升高　一只贝壳漂浮过来

我从浪里捡起那只贝壳
放到你的耳边，让你聆听
你说听到大海在呜咽还有我在伤叹

空贝壳告诉我们：肉体腐烂了
贝壳还在！生命消失了
爱情还在！

你向我微微一笑　月光照耀着我
整个大海的风躲进贝壳
贝壳呜咽着发出爱情的声音

2014年6月30日

衣香人影

一条长裙脱落在小河岸的石上
裙上落几瓣紫花
还落着一只蓝色蝴蝶

整条河谷弥漫迷人的香气
小河扭动着纤细的腰身走下山去

有一个男人沿着芳香的小路走来
手里拿着一把雨伞
时不时哼着唱给蝴蝶的曲子
偶尔抬起头来看看天空

傍晚，小河的水从天空落下
雨伞已经顺流漂走
两个赤裸的影子在河水里流动
影子里游出一群小鱼

2014年5月23日

刚　才

一个夜晚搞得满天花影
一张洁白的床单涂满精液
你这个苍茫女人靠在我的岸边

月亮升起来了
我躲在月光里撩拨水声
我与你正在微风细浪起起伏伏

远处楼房灯光闪烁
我突然很想偷窥窗口那些女人
当我刚要站起身来
你的一句话让我惊慌失措落叶纷纷

你神神秘秘地望着门说：
刚才，就是刚才
一枝杏花飘一身酒气从门前经过

2014年4月28日

忧 伤

你这个女人！素素地开花了
放出淡淡的幽香
还有比幽香更忧伤的也在四处飘荡

似有非有已经亭亭玉立
淡淡的素色御风而行似动非动
我一声叹息
你这枝兰花悄然开放

素色女人啊！素素地开花了
一缕淡而又淡的幽香飘来一缕阳光
一张网的游丝在空中荡漾

我在这张素素的网上
如痴如醉地享受这若即若离的忧伤

2014年3月30日

窗　口

你的窗口传来一曲怨怨的琴声
我逐声而入
在深不可测里
去寻找到你那排痛苦的琴键

我走进你的房间
空无一人
一张黑胶碟在昏黄的灯光里不停地旋转

此刻，你正站在远方路边树下
遥遥地望着你的窗口
望着我
而我却站在了你的窗前

2014年3月31日

纯动物

那一刻什么都不重要了
两只猫在两个躯体的夜里狂叫
灵魂的月光暗了下来

女人身上的风掀起我血液的狂飙
我开始膨胀不顾一切地奔腾

灵魂站在我身边惊奇地看着我
看我身上一条小鱼游进白嫩的水里

那一刻，女人的灵魂也出窍了
躯体柔曼而空虚
需要用一个男人把自己塞满

于是我以猫叫的姿势抽搐
一阵动荡
我在快乐的黑暗里窃喜
那一刻我是一个毛发飘扬的纯动物

2014年6月5日

真　相

你等了一夜　月亮没有出来
趴在我的肩头上你伤心地哭了

秋天，梨花带雨竟是如此悲凉
冷风送来秋虫低鸣的影子
你的泪瞳里影影绰绰

你想让月光照亮你光洁的躯体
你的躯体就可以照亮我
你想在月光下看看我的微笑
可能比白天更美

你想让这个夜不再那么黑暗
可是月亮没有出来

你趴在我的肩头伤心地哭
我不知该如何安慰你，我说：
这片大地没有月亮
李白不是也把地上的霜当作月光

2014年6月21日

相思相见

终于可以相见了！
下午四点约定在一间小茶馆里
三十年的思念泡在一把壶里
一会儿就可以对饮了

紫砂壶里云淡风轻流一泉碧汤
两只青瓷茶杯舒展两片绿叶

深秋的四点：屋内男人依然青山
窗外女人还是绿水
两人隔着小窗瞬间一面
此刻，那青山绿水竟是如此苍凉

女人逃离了茶馆一路用泪水卸妆
男人喝下一杯浓茶把自己冲淡
终于可以相见了！
还是不见为好
不见为好

相思很厚　三十年的千山万水
相见很薄　一瞬间的半块玻璃

2015年1月12日

杯 毒

我与你相向而坐
面前有一只杯子正蓬勃而歌
热气中飘荡着血丝弥漫残残的暮色

我看到杯中的毒飘出芳香
斑斓蝴蝶舞动滴血的花瓣纷纷飘落

梁山伯和祝英台中毒而亡
一把小提琴哭泣至今
贾宝玉和林黛玉饮毒凋零
人间飘落葬不完的大雪

你与我相向而坐
正微笑着喝下这杯毒
喝下这一朵排山倒海的浪花
慢慢将这份凄风苦雨浅饮深酌

2014年4月1日

找 你

夜里我在梦里丢失了你
我在梦里到处找你到处呼唤你

梦里
你的背影　是风偷来一片烟尘
你的声音　是风撩起一瓣浪花
你的味道　是风惹了一朵花香

风　在梦里一会儿飘来一会儿飘去
你让我找得好苦
梦里的离别　湿了梦外的枕头

朦朦胧胧在梦与醒之间
厕所里的马桶传来你的水声
响彻入耳
我醒来拭目一笑：这是一个梦

2014年4月27日

午　憩

缠绵铸刀　割不断我与你的厮守
厮守成蚕　封不住比翼双飞的翅膀

翅膀展开一个辽阔的天空
天空一直以一个湛蓝的姿势
执着地翱翔

躺在阳光里　在一朵云上做梦
享受你肉体的柔软
在飞翔中进入高潮　再回到梦乡

天，飞在一棵树上
我和你缠缠绵绵　小憩在树下的长椅里
相互厮守　就是天堂

2014年4月2日

蓝血爱情

　　鲎：　海洋生物，是有 3 亿年历史的活化石，身上流淌着蓝色血液。鲎雌雄为伴后便形影不离，捉到一只，同时也能捉到另一只，此乃"大海真爱"。

七夕这天鸟声搭桥
我们一行七人坐在海边黄昏的餐桌旁
看白色翅膀在海天之间翻飞
听海鸟欢叫
我们感到圆满今天是七夕

餐桌上人们举杯庆祝这个情人的节日
这自由美好的事情发生在天上

天空下大海是一枝蓝色的花朵
一直在大地上怒放
怒放阵阵涛声
开始讲述这晚流淌着蓝血的七夕

这晚人们准备了五彩缤纷的盛宴
一个羸弱女子端上来一盘海鲜
是鲎的红烧肉块

还有一杯鲨的蓝色鲜血
此刻人们已经知道了鲨的感人爱情
被鲨雌雄相厮相守所缠绵
还在吃鲨的肉喝鲨的血
人们举杯看到鲨的蓝血是大海的颜色
人类在吃大海

大海在摇晃
大海退潮是因为鲨的哀伤
大海涨潮是因为鲨的痛苦
浪花是鲨和死鱼们的灵魂在闪耀
水声是鲨和死鱼们在轻轻低泣

七夕这个晚宴
一只雌鲨牺牲在我们的餐桌上
一只雄鲨被肢解在另一个餐桌上
两桌相近两鲨相望十分悲壮

餐桌上一对鲨的生离死别
演奏着梁祝凄婉的曲子
人们还听到了刑场上婚礼的那两声枪响
枪声穿过每一个人的胸膛

鲨这一对情人躲在三亿年坚硬的铠甲里

还是被人类谋害了
鲨以爱铸骨用情筑肉
让爱情在神经上开花然后美丽死去
鲨的爱情感动海天
鲨蓝蓝的鲜血把大海染得更蓝

七夕的这个晚宴
在餐桌上人们看到了刀光剑影
听到了枪声杀声哭声
鲨身上流淌着大海蓝色的鲜血
人类身上流淌着太阳红色的鲜血
这血流汹涌不止……

七夕这个夜晚搭桥的鸟声渐远
我们一行七人
在月光的照耀下突然发现少了两人
大海餐桌四顾茫茫
有一对男女不知去向

写于2009年的七夕
改于2013年七夕

情　网

你在船上挥挥手
我岸边那张网里装满了鱼
拥挤不堪的鱼群发出嘈杂的声响

全身是眼的网　全身是嘴的网
十恶不赦地在海里游荡
爬上岸边收获的也全是死亡

你在岸边挥挥手
那张网滴着海水正晒太阳
我选一条小鱼准备午饭
转过身来　远方的那座山已经枯黄

2014年4月3日

隔壁梅花

一把古琴横陈世间
一曲《梅花三弄》穿墙而入令我难眠
满屋的琴声飘落满屋花瓣

古琴声声　梅花点点
窗外是一个阴郁的天空
隐隐传来夜雨低泣的声音
我在琴声中沉浮闻着琴香辗转入梦

隔壁抚琴一定是个美人有太多的伤感
《梅花三弄》弄得琴声落花
弄得花瓣滴泪　弄得我心凄凉

我循琴声望去美人正在抚琴
纤腰摆动　微风吹拂一山碧绿
遥遥思念情意绵绵
素手拨弦　树影弹弄一线溪水
长长低述幽怨潺潺

美人此刻一定是在苦恋远方的情人
每晚用琴声编织透亮的蛛网

沾住蝴蝶不让离去

我透墙而望隔壁抚琴的美人
每晚用美人的琴声泡一杯绿茶
在茶水里度过一个又一个月淡的夜晚

夜里美人古琴的丝弦挂着泪珠
琴音里的水声漫过我的头顶
我在木椅里躺成了一把古琴
美人弹拨我的神经我全身震颤
琴声从我的体内响起
我决定要去见一见隔壁美人

我轻轻敲打那扇木门
敲门声敲击着夜空　声声空寂
门慢慢开了

一束芳香的灯光从门缝照射出来
我看到古琴横陈　满屋梅花飘香
不见美人
一位白发耄耋老者平静站在我的面前
是一位男人！

2009年11月30日写

2013年8月12日改

戒　指

在大水里我是一条小鱼
爱情是一枚鱼钩
你就是那个身披蓑衣的垂钓人

弯月如钩之夜
涟漪在天地间波动我心神迷乱
我被你钓出水面在空中跃动
那不是挣扎是我在飞舞
我变成了一只风筝

在空中飘忽离你很远
我已经厌倦了漫无边际
渴望在一只小瓷碟里找到归宿

终于你把鱼钩打成了一枚戒指
又细腻地刮掉我身上的鳞片
把我煎成了一条红烧鱼

2014年7月20日

雪花·无影踪

在这个冬天里的花季里
雪花缤纷盛开
我看到满地落英之上的一串脚印

一个带着体温的女人
向我走来要扑进我的怀里
睫毛上挑着的雪花时刻会化成泪滴

我站在大雪里不再感到寒冷
我等待雪花轰轰烈烈融化的那个时刻

我等了半个多世纪
雪花依然盛开　脚印依然清晰
什么事情也没有发生
空空荡荡的雪原上没有一个人影

空空荡荡的雪原上没有一个人影
从来就没有人影
雪花为了制造一串脚印而铺满大地

2012年11月4日

花溅泪

那一天　花儿正在微笑
一对蝴蝶飞来在花朵上幽会
花儿搭起鹊桥

杜甫饥肠辘辘站立花儿前
看着那对恩爱蝴蝶　想起离去的情人
又听到远山的炮声
哭了
泪珠儿滴落花儿上

这时李白酒醉醺醺走来
杜甫怕白兄见笑
随口吟唱"感时花溅泪"

花儿听了心生不满
杜甫老儿没有出息　几滴眼泪还栽赃与我
花儿遂学鸟儿怒吼
杜甫又吟"恨别鸟惊心"

李白见杜甫以鸟寄情被深深感动
杜甫真够意思

随口朗诵"桃花潭水深千尺　不及汪伦送我情"
酒后乱言错把汪伦当作杜甫

千年之后
我等东北汉子被先师幽默折服：
杜甫、李白真有尿性

2012年4月25日

病 因

有一天夜里你做了一个梦，醒来
扑进我的怀里哭个不停

我一直想知道梦的内容
问你，你只是一笑
拿起水杯默默浇灌一盆月季

我想从月季花上找到答案
却又听人说那是一盆玫瑰
女人美色一样只是气味各有不同

我一直想知道梦的内容
问玫瑰，玫瑰摇出月季的花影
风吹来花香纷纷扬扬落下一地枯梦

你扑进我的怀里哭个不停
因为你的那个梦吹出凉风让我病重

2014年7月24日

搬　家

我和你一年四季在搬家
从春天搬到夏天
淡淡的绿色渐渐鲜艳
你裙子里的花朵耐不住寂寞

从夏天搬到秋天
纷纷的花瓣残残退色
你床头的花瓶里插着一枝小百合

从秋天搬到冬天
熙熙的声音浅浅入眠
你摇曳的窗帘飘起了大雪

从冬天又搬到春天
黄黄的蕉皮呱呱坠地
你乳房里的果香从一朵白云上飘落

我和你一年搬了四次家
小日子过得平平静静乐乐呵呵

2014年3月30日

温泉浴

这池碧水是一位美丽的女人
这个女人很温柔

我把身体全部浸泡进去
她温柔得让我忘掉了整个世界
忘掉了站立
似乎躺在水里是唯一的出路

她把我抚摸得骨软筋酥
肌肤上每一根汗毛随着水波飘动
躯体随意伸展沉浮自如

我重温羊水里的舒适和美妙
再次体验与女人相爱那刻水漫人生的感觉

这池碧水太温柔了
池水轻起微澜撩人欲醉
我也情难自禁地撩动起池水

身在池中想着江涛想着海浪
伸展四肢畅游小池

突然一口池水呛入气管

我大咳不止喷出的口水带有血丝

2012年5月17日

妖娆

妖娆在天空中荡漾
天空如塘　一株小睡莲睡得正香
枕上你我相见一笑
暗淡的梦里漂出一轮月亮

妖娆在大街上荡漾
大街如河　一群小鱼儿游向远方
路上你我相见一笑
颠簸的小船驶向一个渔港

妖娆在茶杯里荡漾
茶杯如湖　一撮小绿叶泡出茗汤
桌前你我相见一笑
平静的水面溅起一朵波浪

妖娆在我心中荡漾
内心如海　一个小意念泛起波光
岸边你我相见一笑
嘈杂的灵魂飘出一缕清香

2014年4月24日

桃　花

她在桃树下赤裸着穿一身桃花
在月光里做梦　梦到心如桃子挂满枝头
她说林黛玉的痴是一滴口涎
而她的痴是一腔鲜血

有一天她看着自己的男人走进相框
再也没有出来
从此，她没有离开过那个房间
从此，她不敢做梦
她怕梦里丢失自己的男人

梦里的别和梦外的离同样伤心
桃花的开和桃花的落都让她流泪

她不再睡觉。
桃花不是睡莲　开了就不会合上
就要鲜艳到底直至成泥

古往今来桃花惹祸
她望着男人的相框让血液凝固

月光下她坐成一尊毫无血色的石雕
她芳香的呼吸凋零飘雪的桃花

2014年8月21日

牡丹花

她生下来身上飘出牡丹的香气
一个男人在牡丹花的香气里迷失

两人痴痴相爱　男痴女更痴
天与地是两人相望
日与月是两人的追逐
而牡丹花却是雌雄一体形影相依

不要相信女人是一朵花
因为每一朵花蕊中央都端坐一个男人

雌雄在一朵花里交配
激情激荡花粉御风纷纷扬扬
性欲是辉煌生命中最强悍的一道光

两人用花瓣的姿势痴痴拥抱
两具甜腻腻的肉体日夜厮守床上
床头太阳升起　床尾的月亮还没落下

痴痴相爱交配是最本质的人生

人在牡丹花里活得郁郁青青

一朵雌雄花痴香浓馥烈

2014年8月22日

玫瑰花

红玫瑰让她渴望流血
每一朵红玫瑰都是一个血流的漩涡

她用每月潮红染透碧空
漫天朝霞从她腹部下面流淌
让一个男人唱着歌进入她的体内
成为她的孩子

玫瑰花向她微笑
她向太阳微笑　她说她笑
是因为听到了肚子里孩子的哭声

玫瑰花刺刺破她的手指
她把血滴滴入花蕊顿刻殉情泛滥
顿刻梁祝坟开蝴蝶漫天飞舞

人间悲剧从一朵玫瑰花开始
孩子出世她血流成河
蓝天绽放一朵黑色玫瑰
一个男人捧着骨灰盒走向远方

2014年8月20日

油菜花

那个地方埋葬着她的男人
那里，枪声一直回荡油菜花盛开
坟冢半跪半蹲发出金黄的声音

她每次来到坟前都听到锣鼓喧天
那个男人被枪决那天几乎普天同庆

几年过后，油菜花黄得惊人
大地上的一切包括罪恶的坟头
被油菜花淹没了

油菜花开　她就情不自禁
她解开纽扣衣襟在阳光里飞舞
田野里晃动着颤巍巍的乳房

她用乳房抚摸坟冢上的石碑
乳头变硬石头变软大地一片柔情

不久，油菜籽榨出金黄的液体
她站在泪滴里自言自语
只有她知道那夜那个男人为什么杀人

2014年8月19日

李子花

她自杀那天满园李花纷纷凋谢
转眼间树上探出如珠的青果
天空隐隐传出女人和孩子的声音

唐朝李白是她的恋人
她说唐诗无后她身上埋着李白的种子

每年李花白的季节
她总是右手一把杏花攥出几滴酒香
左手一把桃花撒下一片殷红

她发出尖叫！在李花蕊上滴几滴鲜血
然后脱衣解怀把自己写成一首律诗

她与李白完美对仗
唐朝仕女的香气依然在她身上弥漫
月光里她闻到了李白的乡愁
淡淡的小个子男人的味道

那天夜里她看到李白站在李子树下

她痴痴地扑过去一头撞在树上
白白的花瓣溅上点点血红

2014年8月18日

迎　接

我走出机场大厅
还以为你会在出口等我
扑面而来是一片没有香味的陌生微笑

手机响起你说你在车上
我很生气
郁闷烦躁的汗水湿透我的西装
我把领带解开如同要解开一段相恋

进到车里我用劲关上车门
你却递来一只绿瓶　微微一笑说：
我给你装了一车清风

我顿刻闻到了满车花香
这是人间最优雅的一次迎接
我从空悠然而降
又继续悠然
在一朵花蕊的凉爽里悠然地喝茶

2014年6月13日

大　梦

早晨我从梦中醒来泪水湿枕
我说梦到了你
你笑笑说你也梦到了我
你我玩起了庄周梦蝶的游戏

梦里常常是白天黑夜混沌
鼻子眼睛模糊
刚刚与你相拥一会儿又换了别人

醒来后常常是对对错错混沌
是是非非模糊
今天你我是夫妻明天又换了别人

此刻之前的梦里你泪水涟涟
此刻的太阳底下你又欢声笑语
我突然发现夜里是梦白日也是梦
昼夜来回梦你就是我的人生

人生是场大梦
醒时的一把木椅坐到梦里是朵白云
梦里的一朵花开到醒时是路上石头

你是我的一个梦
忽冷忽热月亮和太阳交替照耀着我
我也是你的一个梦
忽远忽近如风如影紧紧跟随着你

人人都是一个梦人人都在做着一个梦
此梦彼梦何时了
人到死时，大梦初醒！

2012年6月8日

就在这一刻

她怀了孩子耸着大肚子躺在那里
远看像一堆凸起的坟冢

她望着大海和自己的男人坚定地说：
到这份了！咱们结婚吧！
男人沉默了一会儿：
等这次出海回来

她还是望着大海不依不饶：
孩子快要出生了，可能就在明天。

第二天这个小岛上举行了婚典
螃蟹爬满沙滩　水母飘在空中
她的朋友摸着她的肚子闻到菊花清香

岛上的人喝醉了　月亮掉进海里
但是渔民们十分清醒：
婚礼总是在一个小岛上进行
葬礼总是在海上发生
两种仪式都是乘当下的船捕明天的鱼

婚礼过后要出海了
码头上丈夫摸摸妻子凸起的肚子
微微一笑
谁也不知道就在这一刻
大海的远方有一只船撞个粉碎

2014年9月11日

气　味

人身上每天有十万个细胞
像气球一样"叭""叭"地破灭
喷出一股股气体
喷出肉腐朽的气息和花糜烂的味道

于是用清水冲洗用香水覆盖
给别人早晨的感觉
第二天这种味道又一次弥漫开来
人的皮肤越来越干瘪
皱纹纵横

每一个人都很敏感
身边有人不经意地捂一下鼻子
就会不好意思
立即和那人拉开距离

某一天，有一个年轻女人
喜欢上了一个老头身上的气味
两人相爱了
爱得难舍难分
死死纠缠在气味编织的网里

2012年6月14日

娇　喘

你微微喘息又几声低咳
一瓣肺叶上有一个虫蛀的小洞
桃花正在那里开放

你娇羞淡红的面颊飘一缕薄雾
衣襟露出一弯月光的缝隙
颈上动脉扰得整个夜晚不得安宁

黛玉没有葬完的几朵花瓣
夹在你的日记本里
我翻过一页之后全身震颤了一下
喷溅鲜血的爱情多么美好！

肺病的景色正在四处弥漫
一座旧城回荡着桃花的声音

浅病的缠绵吹出箫声
你残残弱弱的粉红令我黯然流泪
爱情从来都是风雨中的桃花

2014年7月30日

关于交媾

我与美丽的女人交媾的时候
发现了猫与蜻蜓
那是天地昼夜演唱的一场激情大戏

蜻蜓在朗朗蓝天下飞翔着交媾
离开大地的爱情没有灰尘
嫦娥嫌人间太脏所以奔月
牛郎用云朵搭起七夕

飞翔着交媾多么美好
蜻蜓喷射精液的那一刻
天空下起了大雨还飘着彩虹

猫在漆黑的夜里狂嚎着交媾
是爱情就让它响彻夜空
孟姜女哭倒长城
梁山伯的泪水也飘出蝴蝶

狂嚎着交媾也十分美好
猫在静谧的夜里大声表白
大地鲜花怒放还回荡阵阵春风

我躲在大地一个角落里与女人交媾

像猫一样发出声响

只是呻吟

但我却感到了这种交媾是在飞翔

小　虫

你生日那天我送你一束鲜花
我没有注意花瓣上残留一只小虫

夜里你听到了窸窸窣窣的声音
一片花瓣在床单上爬行
一点黑色影子让你发现灯在移动

第二天你的皮肤一片红肿
你认为是我的小阴谋害你过敏
猜忌让你把那束鲜花丢进了垃圾桶

你默默承受着这个阴谋
坐在角落里　疑眼乜斜注视着我

当我看到那束鲜花在垃圾桶里低泣
我一阵阵眩晕疼痛
那只小虫也爬进了我的心中

2014年6月12日

裸体的鱼

一波一波的水纹让一个女人迷乱
那些鱼的眼神充满好奇
从礁石一直望断青山

一棵树要远航大海只有修炼成船
树的年轮在水面上卷起漩涡
树叶在水中变成小鱼儿
浪花不得安宁

女人在大海面前赤身裸体
不需要什么理由
一叶翠绿的女人也是一条小鱼儿
海水就是小鱼儿的衣裳

黄昏的香味弥漫大海
落日把女人美丽的身影撒入海水
女人想起今天一艘船在海上举行葬礼
嫣然一笑

大海飘起来
远山的树林一片喧哗

女人赤裸着穿着海水的霓裳飘起来
飘在海底的青山绿水间

2014年8月31日

七　夕

我抬头望月的一个动作
惹你生气
你说我们在一起为何还望桥那边

我说还有一个你站在我的对面
还需要在一朵玫瑰花里相见

今日全中国的玫瑰都很放荡
满街牛郎的手上沾满香气
爱情被织女织进了万水千山

七夕，让我懂得桥是船
涟漪悠悠花影摇曳月光潺潺
七夕的月亮不圆　在残月下送人玫瑰
这又是一个坏夜晚

你这个单纯的女人
期盼最好的一年竟是七夕桥断
那样我就不会遥望桥那边

2014年8月2日

调情西厢

西厢的一炷香从唐朝燃到今日
缭绕的烟缕积成了厚重的云
压在今日的城上

压城的黑云是那片灿烂的阳光
让少男少女们眯起眼睛心事重重

张生和莺莺惊世骇俗
普救寺里的色空之地发生了革命
把今日高楼大厦装点成西厢

红衾香枕里饮可口可乐然后痉挛
现代人的幸福染上了病毒疯狂漫延

今日西厢的烛光已灭影子不再摇曳
而灯光下的影子坚硬而又芳香
蟋蟀声从电视机里传出
几缕香烟在女人的兰花指上飘拂

男男女女调情西厢
整个城市的浪声浪气在四处游荡

西厢里张生的笑莺莺的吟绕梁千年

那幽怨的哭呢?

随烟缕而入心入肺

2012年7月15日

寡女鳏夫

新娘从海对岸上船出发了
大海很平静若无其事
而渔夫情不自禁让心中涌起的潮水
漫过眼眶

茫茫海面刚刚出现海市蜃楼
其实空空荡荡什么也没有

太阳沉入海底　月亮沉入海底
渔夫隐约听到天空传来落水的声音
传来新娘的一声呼唤

海天一片寂静
第二天有一只小狗从海里爬上海岸
转身坐在礁石上望着大海

这只与新娘朝夕相处的小狗
渔夫熟悉的小狗
不久死去。
渔夫哈哈一笑不再哭了
再咸再多的泪水也比不过海水

渔夫在面海的山坡上建了两座坟墓
一座葬狗另一座空空
然后，渔夫独自升起白帆
向大海致哀
要与妻子合葬只有驶向大海

高高的山坡上凸起空空的坟墓
空墓里安息着一对寡女鳏夫

2014年9月22日

伞 下

在汪洋雨中我的伞下有一片晴天
还有一轮艳丽的太阳

你的光辉照耀着我
伞外的雨滴弹奏着琵琶
一曲《雨打芭蕉》淅淅沥沥

你在伞下不觉风雨何处
忽然问我伞是何物？
我回答是把圆琴是叶木舟是间小屋

雨天是天空在演奏乐曲
是天意把两个人聚到一起乘船安居

风雨中我把小伞举得稳稳
悄悄把伞偏向你
给你一个比较完整的圆
而我的右侧半边身子彻底淋湿

2014年6月23日

逃　离

雨中你站在我面前哭泣
你说大雨打落了一树的桃花
丰腴的花季瘦成几条带影的枯枝

看不到了！桃子的心跳
尖尖上一点羞涩一定很甜
果核的摇篮睡着一个宝宝
而今还没有结果花就已经落尽

你为桃花而哭，哭一树凋零
哭一江花瓣飘着晚霞向东流去

一江花瓣随徐志摩悄悄地走了
男人再别康桥　喜欢桥下流水
桥上你是那位结着愁怨的姑娘

愁怨淋淋下个不停　天地一片浑然
你泪眼看我错把梨花当桃花
逃花离花谁都躲不过这场大雨

2014年8月5日

诠梦·小窗

　　清明节的夜，梦见了一扇小窗，窗外一片海水，身边一位女人。

小窗含含糊糊
将几枝竹影描述得混乱不堪
一个怪梦忽然走来
带着鱼腥味道伸着懒腰打着哈欠

想远航的男人被海水挡在了屋里
女人变成了蜘蛛滚动着肚子
在床上不停地织网
还想折一枝竹竿钓鱼
竹叶却在跃动发出鱼的叫声

白日里吸的一口烟夜里吐出来
又被梦里的风缓缓吹散
散成一个迷离的春天
清明淅沥而来
细风扯着雨丝缠绕着竹枝绵绵不断

在梦醒之间窗前乱影飞渡

窗帘后面隐约晃动一个赤裸的女人
乳房巍巍耸立半轮月亮

拂晓这块薄玻璃水天一色
几条鱼搁浅在餐桌上
醒来了只能在房间里来回慢慢踱步
因为这栋房子还在梦里

2012年4月4日于清明节

一只漂流瓶

她感觉今天上午有事发生
听到人声隐隐约约从海边传来

她离开小城沿着海岸找那个声音
弯弯曲曲的沙滩空空荡荡

这时，阳光从海底泛起
远方出现一个光点
向她照耀。她离那个声音越来越近
突然看到一只漂流瓶
在波浪里喃喃细语说个不停

她捡起漂流瓶大海不再摇晃
那个声音也消逝了
她从漂流瓶里抽出一张纸条
上面写着日期和一个电话号码

波浪还在水面上低飞
飞到小城屋檐　落下滴滴答答的雨滴
茶几上的瓶子在海上漂流了七年
电话号码出自越南

她拨通了电话　岸那边传来哭声
放漂流瓶的是一个善良孤独的男人
就在今天上午刚刚病逝

2014年8月27日

另一只漂流瓶

她一直在海边寻找漂流瓶
海那边一定有和自己一样孤独的人
把自己装进瓶子里交给大海

大海上玩孤独是真正的浪漫主义
有一天她坐上一艘大船
来到大海远处
在浪花上放飞几只蝴蝶
几只漂流瓶在海面上翩跹起舞

回到岸上从此开始看海
期待在某一朵浪花身后出现一个瓶子
这种期待可想而知　比海还大

一年又一年波涛依旧
小海螺爬上沙滩　又被海风吹空
突然，有一天她欣喜若狂
她发现一只漂流瓶
也爬上了沙滩在贝壳中间来回滚动

她捡起漂流瓶泪洒大海

急忙打开瓶盖抽出一张发黄的纸条

上面竟是自己写下的一句箴言

......

2014年8月28日

红纱巾

红纱巾是男人捧在手里的一只鸟
用思念喷射的精液小心翼翼地喂养

男人要感觉女人肌肤的柔滑
就把红纱巾裹在身上
让全身毛孔开放涌进女人的体香

是男人必然有疯狂的渴望
渴望精液把红纱巾浸得更柔
渴望鲜血把红纱巾染得更红
渴望肉体被红纱巾彻底包裹

于是男人把红纱巾围在自己的脖颈上
爱得越深红纱巾缠得越紧
越缠越紧越缠越紧

男人在红纱巾的缠绕下忘掉了自己
这是男人最美好的时刻
在这个时刻杀掉自己
就可以没有痛苦地去爱女人

男人温柔地死去了

红纱巾杀人之后又在天空悠扬飞舞

一只妖艳的大鸟正俯瞰人间

2009年1月17日写

2013年8月16日改

棉　被

今天夜里好
我想念母亲

儿时的一盏青灯摇曳
寒风吹来
母亲悄悄地把掀开的被角给我掖了又掖

最冷那年
母亲给我缝了一床棉被十分厚重
棉花是花的果实
这床棉被让我在温暖的被窝里长大成人

雪是白的棉花也白
母亲的头发白了春天的梨花也白了
一床棉被在天寒地冻的北方孵化春天

后来我到了南方
常把母亲一针一线缝的那床棉被搁置一旁
冷了才会想起

有一天拆开被套　里面的棉花已经变黄

棉被里飘出母亲的味道

今天母亲已经离开了我
母亲留下这一床厚重的棉被盖着我
给我温暖
让我做梦还让我流泪……

2012年5月13日母亲节

大海也是一座山

温柔的女人坐上一只小船
大海立刻风平浪静
小船轻盈航行
一只熨斗　烫平了皱纹起伏的海面

大海舒展一块绸缎　微微飘拂
风暴洗礼的渔夫
在女人怀里永远也不想出来
在这样柔软的海里永远也不想上岸

进入秋天　青山已经黄了
大地被人住满　到处生长着炊烟
憧憬的目光也走不了太远

于是女人和渔夫决定在大海上做爱
太美妙了！那种感觉一望无际
那只小船咯吱咯吱欢天喜地

渔夫溅起一朵浪花，站立船头
女人流淌一地，甲板已经瘫软

鱼群簇拥着小船载满了星光

大海风平浪静

渔夫看到大海是一座倒扣的大山

女人发现小船是林中的鸟儿

那只鸟儿衔着一条小石斑

2014年8月26日

女人琴

把女人轻柔地放在腿上
抱着她抚慰她弹拨她再为她唱首歌
这就是她想要的
她坚定地认为这是爱情

琴声里女人神经的弦颤抖着
地平线上弹出一轮红日
顿刻山清水秀

女人躯体的声音惊天动地
眼睛滴出晶莹的音符
大腿间流淌潺潺的旋律
女人因为男人的演奏而全身战栗

女人啊，是一把忍受不了寂寞的琴
因为寂静可以埋葬一切
只要弹拨这琴大地会飞舞起来
男人会在女人的战栗中痉挛

琴瑟一曲绕天地千年
人间的风柔雨润全赖于这琴声响起

去拨弄女人吧！琴声绵延子孙万代……

男人还需要什么呢?
只要抱着女人什么都可以不要
温柔地抱着女人
这个世界多么美好!

2012年8月11日

大海是一滴眼泪

父亲在大海里渴死了
女儿问那么多的水为什么不喝
长大以后女儿才知道海水又涩又咸

有一天，自己的丈夫启航
女儿记起这天正是父亲的忌日
波涛堆叠绽放一朵菊花
沙滩进进退退
海风吹来，女儿听到父亲的声音

丈夫一声呼喊起锚了
渔船乘风破浪驶向远方的鱼群
鳞片在浪里闪出刀光剑影

女儿不敢听风声里螺号的呜咽
怕丈夫遇上自己的父亲回不来了

半月后那只船一声哀鸣靠上岸
死鱼的气氛笼罩着海面
丈夫发病
跟着父亲走了把躯壳留在船上

一直望海的女儿
在大海面前感到十分疲倦
她向丈夫遗体看了一眼
大海远方又有一片白帆落了下来

睫毛上落下一滴流入嘴角
又涩又咸。女儿明白了
大海原来是一滴眼泪

2014年9月5日

空裙子

一条花裙子漫天飞舞
风扫落叶大地哗啦啦作响

裙子里的短裤被亚当脱掉
空荡荡的裙子里面可以兴风作浪

小春风在空裙子里扬蹄奔腾
小月亮在空裙子里筑巢
我也在空裙子里醉酒当歌
空裙子让我感到世界无限辽阔

空裙子罩着一片田野
我常常躲在那片田野里
对田鼠怒吼对稻穗似水柔情

我在空裙子里徘徊于女人外面
那一天我很快乐
女人温柔地说：进来吧！
我为你只开了一条小缝

2012年9月3日

梦 话

长椅上你倚着我的肩头睡了
桃花林里的风有些慌乱
我一动不动　怕把你惊醒

十分钟　二十分钟　我的肩膀酸了
人面桃花让蔚蓝的天空微微泛红

在那个桃花飘摇的季节
我和你乘一只小船渡过南柯一梦

梦中你轻轻翻动
喃喃自语在你唇上落下两瓣桃花
突然　你说出一句梦话
让我十分吃惊
惊得我心中波澜泛起
但我还是一动不动　怕把你惊醒

2014年4月12日

眼　睛

我看到我的眼睛盯着一个女人
颈项上蓝脉管里流淌苏丹红
夜里吻了某人留下黑嘴唇
全身的肌肤涂着罂粟花蜜

在温柔的世界里有毒的女人
最甜！甜得我得了糖尿病
又患了并发症

我看到我的眼睛盯着一只梨
这只梨让我口水翻滚
这只梨长着女人的细腰女人的臀
长着女人的洞女人的私密
还有女人身上的水

我一直在思考
为什么古人要讲孔融让梨
多么美好的梨只有脑残才让给别人

我看着我的眼睛
发现我的眼睛是个贼

把偷来的那些东西都藏在心里

导致我的心律不齐

2012年5月24日

风 景

我拉拉你的衣襟
远方两车相撞的声音溅出一片血色
接着云层咯咯吱吱开始冰裂

你衣襟两边生长着金属纽扣
太阳在两山之间吹出阵阵暖风
我站在你的身边
享受你衣襟里飘出来的一怀香气

我什么也没想！的确什么也没想
只是因为起风了
我情不自禁地拉拉你的衣襟
竟然拉出那样一番风景

2014年4月11日

想娘了

人间空调送来热里的冷
我蹬开被子在梦里梦外之间冻醒

小时候我蹬开被子娘给盖上
我装睡　一次又一次蹬开
娘一次又一次重复那个暖暖的动作
静静地看我睡熟
每夜娘的微笑一直照耀着我

十三年前我蹬开了被子
我冻醒了　娘去了很远的地方
我鼻子一酸泪湿枕头。我想娘了！

娘每夜总是身影摇灯
灯下娘手中的针线从没断过
我睡了娘还没睡我醒了娘早就醒了
娘守着我不让我的梦着凉……

昨夜空调吹来秋风，我冷了
这时，有一个女人

窸窸窣窣给我轻轻盖好被子

恍恍惚惚我在梦外似乎又在梦中

2014年8月16日

空信封

我想写一封信寄给远方
可远方走近了
远方的那些人和我都游在一个海里

千里万里的小鱼在一张网里唱歌
在一张网里结下恩恩怨怨
每一个小网眼都在窥视大海

昨日书信是树上的小鸟说飞就飞
羽毛在今天凋零了落下纷纷树叶

一片树叶飘到我的窗前桌上
一个空信封上面只写了一个名字
一支笔的溪流已经干涸
街巷里也消失了邮递员的吆喝声

面对空信封
我听到了海浪细语淘沙
依然记得写给情人的最后那封信
邮票上胶水味道还留在我的舌尖
我再也没有吻过别的女人

2012年9月3日

敲　门

我静静地等待三声敲门
约定好！等你柔柔的手指发出声音
你没到家　我这颗心一直悬着

门被敲了一声
我知道那是扫把倒地撞了一下门
过一会儿。敲门，只有两声
不是你是门外嬉戏的孩子

我这颗心挂念着一直悬着
月亮升起　响了三声我正要开门
又响一声，四声！暗号不对

你在门外高喊：开门……
我问你为何敲了四声？你说：三声！
噢，怎么多出一声？
是我这颗挂念的心落地的声音

2014年6月14日

关于蚊子的小事件

一只蚊子在我身边盘旋
它要生存。它要
在我身躯浩瀚的红色海洋里蘸一微滴
行吗?

我默默地欣然接受了
以我的崇高和善良救助一只蚊子
愿它还是一个少女

我静静地! 一动不动
此刻我承诺的任何一个动作和声音
都会造成误解让蚊子远走高飞

一丝丝痒　酥酥地流进我的内心
蚊子透明的小肚腩慢慢殷红

突然，"叭"的一声
我被猛击一掌
我心爱的人一片好心让鲜血四溅

2014年5月17日

沉　鱼（四大美人无爱情之一）

男人的溪水是一条长纱
绕万里大好江山而潺潺流淌

总有污泥溅到纱上
也就总有妩媚的西施浣纱
总有一群鱼儿沉迷西施的倒影
总有一尾弯月搅得那个倒影迷乱

勾践献一条小鱼儿游上君王餐桌
夫差相思成一架鱼骨
范蠡泛舟　溪畔伊人在水一方

那个倒影成了苎萝小村的一块石头
王羲之在石上写下两字：浣纱
从此那条长纱一浣千年

西施含笑浣纱　流淌一溪霞光
溪水的鱼群中有：勾践。范蠡。夫差。

2013年12月7日

闭　月（四大美人无爱情之二）

女人的小阴谋潜伏在秋波的暗中
貂蝉嫣然一笑
月亮便躲进云里不肯出来

这一刻王允想起了月光之床
一个枕头可以装满社稷
貂蝉的身影周旋于雕栋庭院之间
吕布和董卓夜夜难眠

貂蝉的身影在画梁下蠢蠢欲动
云中弯月投出一个画戟的冰冷寒影
整个城郭由圆变残

义父义子在闭月时刻反目成仇
另一个男人撩鬓闭目转身挥手
那一夜，香消玉殒
云缝闪出泪光　天空缠缠绵绵

2013年12月8日

落　雁（四大美人无爱情之三）

从琵琶弦上射出了悲伤
贯穿塞外接着又射中了一群大雁

一支出塞曲伴随昭君出塞
几声雁鸣落霜　草原一片素白

人迹飘烟袅袅
烽烟在昭君的琴声里飘成炊烟
男人们在毛画师的画轴里卷成落雁

一地雁毛是汉元帝的怨悔
漫天雪片是匈奴单于的惊艳

昭君回乡的马儿在琴弦上奔跑
凄婉的蹄声踏香青冢上一丛花朵
踏绿一片悠远的草原

2013年12月9日

羞　花（四大美人无爱情之四）

香艳生乱　生安史之乱
唐朝的乱归于那次回眸一笑
朱唇荔枝惹起一路红尘

六宫粉黛在贵妃的香气中凋谢
长安城里的花朵只剩下羞色

唐玄宗和白居易忙男人的事情
长生殿里吟诵长恨歌
有一条柔软的白绫
就不再需要那把如刀的弯月

所以，贵妃的夜晚很黑　黑得绵绵无期
花丛里迷住唐朝的眼睛
是一叶凝脂被研成的那一撮粉末

梨花枝上的纷纷花雨之中
一具香艳娇嫩之躯悬挂于马嵬坡

2013年12月10日

字　典

一个翻《新华字典》的游戏
让你和我在风清月白之夜神出鬼没

你说：515页左侧上数第一字
我翻是个"吻"字
你满面红云　我心中滚动雷声

我说：409页左侧下数第一字
你翻是个"情"字
我心潮翻腾　你满眼泪水涌动

你我共同说出700页右侧上数第二字
翻来翻去竟然没有那一页
一本1987版的《新华字典》
里面山高水险找不到安身之处

2014年4月9日

跨越女人

美丽的女人站在男人对面
男人看到了一个障碍强大无比

微笑加一个食指的示意
来！来！来呀。跨越我！
看看你是否是一个真正的男人

讥笑声混合着香水筑成了一道墙
墙头芦苇在无水缝隙里生生不息
爱恋一丛接着又一丛生长
最后又结成种子飞遍天涯

女人是男人一生最强大最坚固的障碍

障碍是路途之刀
能够切断男人之根男人之前程
只有跨越它才真实拥有生命和快感

跨越女人那一瞬间
男人追上了自己喷射出精液
还喷射出巨大的力

2012年8月4日

对　望

我在这里　你在那里
我与你肝胆对望
我望你！从北望到南　望得你心里清凉
你望我！从南望到北　望得我两鬓落霜

你在那里　我在这里
你与我一生对望
在沙漠里　我望你　看到大海
在大海里　你望我　看到海岸
在海岸上　我望你　看到花朵
在花朵上　你望我　看到晚风
在晚风中　我望你　看到灯光
在灯光里　你望我　看到一颗沙粒
在一颗沙粒中　我望你　又看到沙漠

沙漠里有一头骆驼
骆驼摇晃着驼铃：叮当！叮当！
这里！那里！这里！那里！叮当！叮当！
我与你　在驼铃声中对望
望出一湾清泉荡漾在天上

2013年11月28日

2月1日的某

我的心里一直想着某
某就来了　许多的事情就发生了
世界因此而存在
小院子里的藤架上生长了葡萄
声音一串串垂下来

某一直在偷笑
一直在偷笑　从没断过
悬在头上的笑声让我口水直流

在小院子里想着某
口水在我的齿间潺潺
葡萄的味道令我千回百转
葡萄里的种子发芽了长出藤蔓

世界纠缠不清
我想着某是因为某也想着我
我与某的藤蔓上长满绵绵绿叶
正是剪不断理还乱

2013年2月1日

小河香

流水被三月的桃花洗过
小河红艳艳响彻西施浣纱的水声

水声流淌千年
今日岸边隐约听到浣纱女的嬉笑
浣纱女遗落的一块蝉纱
在水中寂寞地鸣叫还生出绿苔

小河，一条长长的磁带录千年河声
流到今日在一座城里打一个小漩
漩成一叶光碟
让千年的河声更加香艳

西施的胭脂是小河落日
纤细柔嫩的兰花指上燃起夕烟

小河长长成了人间的一份牵挂
穿越古今
总少不了水中倒影
或是石上情人或是三月桃树或是一弯月牙

2013年11月22日

呼　吸

夜里枕头上的两个呼吸十分和谐
你吸我呼　你呼我吸
一吸一呼组成了一个太极旋
在空气中均匀地运转

有一天你突然咳嗽
我的呼吸也渐渐急促　空中飘散黄叶
平平静静的日子开始风起浪涌

你说风得了肺炎　浪也肿瘤起伏
我说不要在乎　只管跟上宇宙的节奏

日月是一呼一吸　天地是一呼一吸
白天是一呼　黑夜是一吸
跟上节奏　生命奏响乐章
你吸，我呼，你呼，我吸……

你与我是一吸一呼一呼一吸
生与死也是一吸一呼一呼一吸
在一吸一呼间你我生长得风调雨顺

2014年6月16日

契 约

我与你第一次同床相眠
一夜没睡
一夜我在皎皎的月光里受尽煎熬

风清月朗　人要体面地躺在床上
要把身上的动物圈起来
不准交配
等待婚典之夜一声爆竹滴落

床上你细腰丰乳曲线起伏
惹得我情慌意乱却又心平气和
整整一夜青灯古佛

离开床　我与你相视一笑
仅此一笑完成了一次精神契约
早晨，太阳升起
一条小河在远方静静流过

2014年4月14日

绣

红颜薄命的女人啊
在薄命上孜孜不倦地绣自己的红颜
无眠的长夜伴一盏青灯

绣几只蝴蝶于祝英台的发端
绣几朵灵芝于白素贞的裙边
绣几滴水珠于孟姜女的睫上
绣几瓣梅花于窦娥的雪中

那飘飘的雪只能用一缕白发去绣
一团丝线纠缠出皱纹
活着就是为了绣完自己的一生

某夜。青灯下
男人的影子把女人摇曳得心慌意乱
绣花针刺破柔嫩中指
最后一朵梅花用一滴鲜血来完成

2013年11月19日

叹　息

你我一番激情过后一声叹息
叹息难以自持如季节悄然转动

我微微叹息一声
叹大江小河忽而涛涌忽而浪静
你轻轻叹息一声
叹大街小巷忽而匆匆忽而空空

于是
我一声叹息呼之而出是白云烟雾
你一声叹息呼之而出是兰花身影

人有悲欢离合啊！
东坡一叹你我两叹如绵绵长风
叹生命太短　又叹苦恋更长
两条命活不过一个爱情

2014年4月21日

窸窸窣窣

黑暗已经彻底没有了血色
我的眼球浸泡在漆漆的夜色之中
只能靠耳朵盛一勺寂静来细细品味

我发现黑夜静得太淡了
那声音淡得没有一丝一毫的味道

突然，有声音在黑夜里开始萌芽
细细地生长窸窸窣窣
强大的黑和凝固的静柔软起来
窸窸窣窣悄悄地来来回回……

窸窸窣窣
不是老鼠把牛油拖进皮鞋里
不是蜥蜴爬出墙缝等一只蚊子
不是蜘蛛在八卦网上捕到了蝴蝶
……

窸窸窣窣
是一丝光飘出的香气
是一缕香气发出的声音

我断定：
窸窸窣窣从一个女人的旗袍里走出来

窸窸窣窣
这条旗袍里裹着白灿灿的一道光
窸窸窣窣
这条旗袍让黑夜不停地摇摆

2012年8月23日

一　家

只因我月光下的一次海誓山盟
你就走了三千里路
摘一朵雪花带到炎热的南方
把它种到水里

从此你的河在我体内流淌
水里的小鱼排卵生子
鱼尾拍起几朵浪花在我心中怒放

你在四季转换中享受四季
我在南北交融中享受南北
春花秋月南雾北霁
你我早已不知是何方人氏

只有每年年尾
你说该给北方故人烧点纸
我说在南方多点几盏灯
聊着撩着水花四溅
一条小鱼游到了春节最香处

2014年5月4日

疯　梦

他在夜里的梦里见到小曼车祸而亡
汽车的碎片飞溅散落如星
一摊鲜血在窗口流淌

醒来他一直发呆
一阵电话铃声传来噩耗
小曼在五里之外真的被撞死了
美丽的头颅变成一颗血淋淋的太阳

他看到怀里的枕头一片红光
他两眼呆滞泪水奔腾
棉被湿透了
被面上绣的几条鲤鱼鼓动起小鳃

他一直呆坐在床上
后悔自己为什么要做那个梦
既然做了那个梦　自己为什么还要醒来

一梦醒来他从此疯了
一梦醒来他从此彻底疯了……

2014年6月9日

雪花瓣

今天清晨大雪纷飞
是我昨夜那朵思念的云飘到你的天空
潇潇洒洒地飘落下来
飘落下千言万语

大雪纷飞茫茫一色
整个天空大地绽放一枝白色花朵
只此一瓣怎能容下你我的爱情

这瓣雪花一开就落　落在我的身上
一摘就失踪　跑到我的心里
一吻就融化　融入我的血液

这瓣雪花孕育春色满园
这瓣雪花述说生离死别
这瓣雪花演绎阴晴圆缺
这瓣雪花推动你我三千年六道轮回

我从清晨站到天黑站了一生
月夜里花瓣漫天飘飘

飘得天地一片寂静

在这片寂静里我想你想得大雪纷飞……

2009年11月1日写
2013年8月13日改

魔 戒

无名指上的一枚戒指
突然使你有名　而且大名鼎鼎
你新的名字叫妻子、太太或者老婆

这枚戒指将原来的你隐形而去
你要满怀喜悦地献身
献给一个男人
再从自己的皮囊里挤出一个孩子

你大大方方堂堂正正吸取我的精华
你充满了捍卫自己捍卫忠诚的力量

这枚戒指的光芒十分尖锐
你举起来向我辉映一下　炫我眼目
令我看不清别的女人

我只好捏起鼻子在女人群里穿梭
我还是没有逃出你
因为只有你的气息沁我心脾

2014年5月9日

口　红（女色之一）

女人打开一面小镜子
在苍白无色的嘴唇上涂抹口红

顿刻小嘴吐日　红腮飞霞
顿刻朱唇绽放花朵　舌尖探出花蕊
顿刻两片彩唇上下扇动　飞出蝴蝶
顿刻缤纷的话音让男人晕眩

略施一层浅浅的红　妩媚十足
飘出一缕薄薄的香　心绪无遗
再把一枚口红印到青色胡茬的脸上
爱情就这样颁发了证明

岁月渐渐洗谈了唇色
谎言也让小嘴慌得苍白
涂上口红才能让说出的话生动多彩
才能让爱情轰轰烈烈

可爱的女人知道男人并不色盲
男人喜欢心脏里流淌的血色

霓虹灯下一枚枚微张的小嘴
娇滴滴地呼唤男人的名字
男人走来　女人打开小镜子照照
小嘴唇上涂好了口红，再笑

2012年7月17日

花指甲（女色之二）

指甲伸向山水伸向花鸟
伸向自己以外的地方
有人在指甲上画了一幅又一幅工笔画

女人在阳光下伸出十指
指端传来鸟鸣飘散花香
一岸叠翠峰峦落座于指端
一线潺湲溪水流淌于指端

指端上的灵秀是为了满足自己
大千世界在我的指间峰回路转

女人用梅花的指甲掐掉一朵梅花
人间处处自相残杀

女人指甲上开放着玫瑰花
尖锐的指甲是玫瑰花刺
在一个男人胸前轻轻划过留下血痕

那个男人没有痛楚却惊恐万分
一双柔嫩的素手伸出利爪

血滴染红指甲上的图案
山非山水非水花鸟非花鸟

2012年7月18日

长　裙（女色之三）

天空飘过小雨　　风和日丽
长裙里的风暴从来就没有停歇

长裙里细腰柔弱如苇
为楚王项羽而折
长裙里白玉腿骨是一件乐器
为北齐高洋演奏一曲佳人难得

娇娆裸躯在长裙里影影绰绰
长裙飘扬起猎猎旗帜
男人冲锋陷阵
烽火中的肉香沁人心脾
一缕美色足可以倾国倾城

江山无论多么寂寥总会有风
吹响口哨从长裙里招摇而出带着花雾

开满鲜花的草原上
女人蹲在长裙里撒了一泡小尿
撒了一个小谎：雨露飘落

当女人站起身来拢拢长裙

希望长裙子底下

罩着一个孩子般的撒娇的男人

2012年7月21日

香　水（女色之四）

每天清晨一个男人站在黑暗里
等待一个美艳绝伦的女人
风穿着花裙子匆匆走过

那个男人是个瞎子靠鼻子寻找女人
同那个女人邂逅于第五大道
在第五大道感到了幸福
在第五大道找到了爱情的方向

他要在第五大道上站立一生
只为一缕魂牵梦绕的香气
只为一缕唯一能够看到的光

美丽女人的香气抚摸他
每天闻香他激情荡漾
他在香气中一次又一次快乐勃发
然后喷薄而出

某一天清晨
一位瘸腿老妇人从他身边跛行远去
那缕香气溘然长逝

那个男人在黑暗中又开始寻找女人

在清晨静静等待一缕香气

又一缕香气扭扭捏捏地飘但很妖娆名叫香奈儿

2012年7月23日

花朵文身（女色之五）

记忆中的花朵很容易凋谢
把花种植在皮肤上
血液染红了花瓣
血液滋润着花朵新鲜不败

文身女人袅袅婷婷在幽径上行走
肌肤上的花朵婀娜飘动
男人惊呆了
望着她心旌摇曳随风千里

鲜枝的肌肤上盛开着嫩叶的花
飘香的躯体春色满园
于是丹唇是花乳晕是花幽丛也是花

雪白肌肤上的花朵香气袭人
袭人一生一世
男人痴迷成小虫在花瓣上呻吟

文身女人早有愿望
死后用自己文花的皮肤做只灯罩

从此让满屋芳香

从此芳香闪耀着熠熠的光

2012年7月25日

手提袋（女色之六）

女人把自己的全部装在手提袋里
自己提着自己走在街上
匆匆忙忙觉得这个城市很快就会丢失
而自己也无足轻重

手提袋里正嘈嘈切切：
一只钱包饥肠辘辘已经干瘪
一张信用卡刚刚透支买了化妆品
一只化妆盒隐藏各种颜色
一支口红是一粒子弹没有发射已经鲜红
一瓶香水名叫毒药
一盒名片喷了这种香水
一包纸巾始终是上下使用
一截铅笔头写好的字还可以擦去
一部手机铃声设定成狗叫
一串钥匙中有的钥匙找不到要开的锁
一只太阳镜可以放肆地窥视
几个避孕套准备套住几个男人
几粒药片让女人进入梦乡……

欲壑难填的手提袋从没有装满

里面的东西还不如袋子值钱

远处有个男人双眼喷火

要点燃的不是女人而是那个手提袋

2012年7月26日

小内裤（女色之七）

小内裤离女人最近
日夜守护着一片鲜嫩的山水

山光水色在小内裤里流连
幽谷鸟鸣在小内裤脱落之后发生

疲软在床上的小内裤风情万种
有时凋谢一瓣红花
有时印上呻吟的水痕
有时游动着大群的蝌蚪
有时被飞瀑直泻的水流溅湿

那件小内裤是夏娃股间的几片树叶
那一片娇艳的山水令亚当魂牵梦绕

今日女人不需要设防
也不需要小内裤守卫贞操
脱掉束缚
把小内裤高挂在阳台上当成旗帜飘扬

2012年8月2日

雪花飘梦

昨夜，你在我的梦里飘上天空
飘出一梦桃花的味道
让我在冬季里走进三月

雪花和桃花纠缠在一起
我在纷纭中找你
发现冷暖人间接踵来去红白人生

雪花飘梦　我找到最红的一瓣
那是你我初夜销魂的时刻
雪花飘梦　我找到最暖的一瓣
那是你我含情脉脉的牵手
雪花飘梦　我找到最白的一瓣
那是你我纯洁无杂的厮守
雪花飘梦　我找到最冷的一瓣
那是你我依依不舍的分离

最怕醒来时刻
那一瓣又一瓣在梦里融化
那个梦在床上融化
醒来后是一个雪花和桃花纠缠的季节

2013年11月24日

相 片

灯下我望着你的照片
你啊！只是笑却没有笑声
你站在照片里没有身影
我也就享受不到你影子扇动的风

我怕你站在照片里站累了
所以把照片放平夹在书里
那一章写的是：爱与永生

我对你的思念太深　深不见光
我对你的思念太苦　苦断肝肠
我对你的思念太久　忘了你的模样
所以常拿起你的照片细细端详

那天我把你的照片挂在了墙上
感到更加孤独　孤独得到大街上呼喊
喊声里有人群攒动
人群里有你美丽的身影

你的身影淡然飘逝
我望着地平线太阳落下去了

落进我的窗口亮起了一盏孤灯
灯光照耀的面容笑声朗朗

2013年8月11日

睡 梦

看你睡觉的样子如看蝉翼
朦朦胧胧的梦覆盖在你的脸上

此刻　你正做梦
梦见天空满是海水
梦见云朵打着旋忽而向左忽而向右
梦见我同某个女人憨憨微笑

梦中　你的怨气在鼻翼上结冰
还有一点点小情绪拉紧了棉被一角

我轻轻将你唤醒
你眼角挂泪说让我抱抱你
我面对着太阳拥抱：
如果你不醒来我就不会再有早晨

2014年4月18日

关于禁忌

一句话让一艘船沉入海底
事情发生那天风和日丽
只是海上的禁忌
被山里来的一个女人一语说破

船上暗藏一窝老鼠
啃啖木板细细品尝船的味道
一点一点啃出几个小洞海水涌进船舱

就在此刻。一句无心的话鬼影魆魆
船呻吟着被一堆波涛埋葬

从此女人翻出了一双死鱼白眼
石灰色的瞳孔布满了血丝
泪水结冰　　眼球僵滞无法转动
上下眼帘也无法合拢

女人在礁石上一站就是三年
有一天她突然喊出一个人的名字
那艘破船呼啦浮出水面

女人拍打着船板　哭声飞溅：
我不该在大海面前胡言乱语
不该说"翻"……女人双手捂住嘴巴
声音戛然而止

2014年9月24日

上 网

你全神贯注在网上浏览
我突然走到你身后　你被吓了一跳
你一紧张敲击键盘电脑关屏

桌面"呼"的一声腾起一阵灰尘
一枝红花伸出屏外
我在你身后嗅到了似乎红杏的花香

夜影窈窕让我辗转难眠
我悄悄打开电脑
开机一跃进入了天猫页面
弯月弓背猫叫声声我看到一个黑影

两天后顺风吹来
快递员轻轻敲门让我签字
我收到一只石楠根瘤制作的烟斗

2014年6月18日

转身一瞬

我微笑着看你　你艳若梅花
再仔细看你
一朵雪花落上我的睫毛
整个世界变得模糊

闭上眼睛！把你存入脑海
睁开时　一泓泪水让我全身冰凉

你匆匆而过
我思念你　只好转过身去找你
只是这一转身　我便老了
只是这一转身　梅花落了
这一转身　西风蹒跚
你消逝在白发苍苍的大雪里

2013年11月25日

纽　扣

你有许多开满花朵的衣服
每一套衣服都是你的一层皮肤

那一天你发现我盯着你的胸脯
有东西轻轻摩擦你的乳头
你有点羞涩脸微微发红

我的目光涌进你的体内
衣服裹着的白嫩乳房似乎开始融化

看到你的胸脯深深浅浅地起伏
我忽然明白你误解了我
我转身离去

在我的背影里你低头看看衣襟
突然发现自己扣错了扣子

2014年6月25日

人有时是件雨衣

那天我站到雨下等你
来到夕阳前等你　跑到月亮后面等你
在柳树里等你　想抱柱而死

那天我要做尾生
可雨停了水退了我也死不了
后来，我尾随着一只蝴蝶离去
我不知道那是梁祝还是庄子

离去时我看缥缈的人影里没有你
黄昏太老　没有那件清新的小花裙
所以，我认定那天你没有来

几年后，你用泪水告诉我：你来了
那一天你的的确确来了　踏夕阳而来
我没看到你
是因为你穿错了一件雨衣

注：《庄子·盗跖》，"尾生与女子期于梁下，女子不来，水至不
去，抱梁柱而死。"

2013年11月26日

绿　裳

见到你我想起清照又忘了清照
只记起"怎一个愁字了得"

我看你总是绿裳满山
给我在山中留下一径小路
去慢慢寻找一枝影影绰绰的花影

你的存在对于这片山水十分相宜
一点朱唇不浓不淡
一身绿衣不肥不瘦
一番情意不多不少

尽管你一表百媚绿肥红瘦
我还是要说你：绿瘦红肥
且看你丹心热血卷起红旗飘飘
暗香盈袖　美人如此多娇……

2014年4月17日

背　面

端详一张美丽女人的照片
我一夜未眠
一张照片让我醉入花丛
让我醉成涓涓细流湿透了秋天的夜晚

皎洁的月亮照耀着我
月亮的背面却是一片黑暗
这张照片的背面是什么?

我知道快乐背面有一只啼哭的蟋蟀
哀伤背面有一只快乐的蝴蝶
这张照片的背面是什么?

我看到微风的背面还是微风
花朵的背面还是花朵
这张照片的背面是什么?

在美丽面前我翻不动这张照片
这是一片覆盖着花香的辽阔草原

我要用一生来猜想这张照片的背面

这张照片的背面到底是什么？
就在今天早晨
窗帘飘舞草原上的微风带着花香吹来
照片忽然被翻开！

我十分恐惧又十分惊喜
泪水流进微笑的嘴角
我十分愕然看着这张照片的背面……

2012年10月6日

瘦　影

你的瘦影好长好长
夕阳把它拉到了东墙
一枝菊花蹲在你的瘦影里歌唱

直唱到我白发发芽　皱纹开花
我满头满脸都是你的花香

夕阳的枝头飘着朝霞
一枝瘦影在灯光下插进我的花瓶
你瘦影长长把我拖进病房

窗前，有一枝卷曲的菊花
就不再需要那一弯月光
你瘦影依依与我直到地老天荒

2014年4月15日

地上云

许多人群在大地上走着走着就消失了
又有一群群的人接踵而来
城市蠕动着一只巨大的爬行动物

人群向前浮游极其柔软飘飘而动
大地上渐渐堆积起厚厚的云层

在大地人群的云层中
我看到了一个熟悉的美丽身影
我做出手势：让她不要再走了
再走下去就会消失彻底消失

人群还是顽强地走着
大地上的云朵慢慢飘逝
飘逝了
雨滴落在脸上我在哭泣
因为我和她也在奔走的人群里
匆匆忙忙

云朵慢慢飘逝了飘上我的两鬓
花白的头发在我的耳边叮当作响

2009年12月17日写

2013年8月8日改

火　焰

在黑暗里你是一粒火种
接着长成火苗
再接着生长出一片熊熊火焰

你全身稚嫩的肌肤在燃烧
你的长发在燃烧
鲜血在燃烧
尤其是阴蒂喷出的火焰
让这个冰冷的世界温度不断升高

我在你的火焰里辉煌涅槃
展开雄性凰的磅礴翅膀翱翔天空

你这朵火苗闪闪烁烁
指引着我一路凯歌走出肉体的黑夜
东方隆隆霞光万丈
一个女人就是一轮太阳

2014年4月13日

诠梦·马蹄莲

昨夜梦到马蹄莲开放。

梦里的马蹄莲醒来后开放
一双绣花布鞋奔跑于烟尘腾起的路上

马蹄莲因马蹄踏花而生长
细碎的蹄声洒落一路
在唐朝的宣纸上润透一脉山水
又踏过梦境在耳畔回荡

马蹄驰过
梦境中路旁有一个女人在哭泣
哭骑马人远去了
哭绣花布鞋沾满泥垢
哭痴痴的蝴蝶还恋着泥中那一丝花香

女人乱发遮颜泪珠顺发梢滴落
清晨的小雨敲打着蕉叶
花瓶里马蹄莲的蹄声踏水驰向远方

2012年4月2日于深圳

把这一刻喝下去!

细听晚风里有你的名字
更急切地需要那一弯横空月光了

月亮为何还不升起啊!
这一刻如此黑暗
这一刻如果不是因为我疯狂地想你
心脏早就停止了跳动

天空因为有你才有光辉出现
四季因为有你才能转动起来

初春你我别离　　白霜压枝
盛夏两地思念　　花朵凋零
深秋牵手时刻　　没有枯叶
寒冬相互依偎　　千里冰融

这一刻微风徐徐天光初升
把这一刻喝下去吧! 再看看月亮!
那是我为你端来了一杯清茶

2013年11月7日

思　念

我记忆中的女人模糊了
我只记得她的美丽是无边风月

我曾与她同路而行
她艳丽夺目惊得一座小城没有月光
以后我每见到一个女人　只要美丽
都会闻到她的芳香

她把我身边的女人全赶跑了
还都穿错了鞋子
她把我身边的女人都变成哭声
泪滴飘洒花瓣

昨夜我与她的思念碰撞到了一起
瞬间花儿开了　云儿散了
月亮升起来了
思念的月亮啊只有半边

2013年6月25日

寂　寞

一头美丽的小兽微微喘息
气息与我爱的那个女人味道相同
小兽的心脏不停地呼吸鲜血
正踏着我的脉搏跳动

美丽的小兽啊让我不知所措
寂寞的时候我想疯狂地呼喊
喊着喊着又觉得寂寞更好
我一直都想同寂寞决战
后来发现消灭了寂寞就消灭了自己

我爱上那个女人就是爱上寂寞
无论我和她是见面还是分手
寂寞都在撕裂着她吞噬着我

我和那个女人遥遥相思
寂寞不弃不离在我们心里发出叫声
两个人寂寞同想
想得坐卧不宁想得地老天荒

我和那个女人依依相守

寂寞跳来跳去从我的怀里跳到她的怀里
两个人寂寞对望
望得心烦意乱望得眼泪汪汪

那个女人来到了我的身旁我更加寂寞
小兽笼罩着大地
整个世界烦闷而又潮湿
我和那个女人是小兽的两颗泪滴

2009年12月22日写

2013年7月28日改

星巴克

有一个女人还在某个地方等我
浪漫。漫过我的头顶
白发漂起杂乱的水草在激流中浮动

我在月下寻找
身边的影子不是太肥就是太瘦
我在小巷寻找
眼中的衣裳不是太艳就是太素
我在渡口寻找
耳畔的涛声不是狂躁就是细吟

琴声浸泡的岁月已经风干成枯叶
我仍然没有找到那个女人

那个女人一定还在某个地方等我
现实。点亮一盏灯光
苦咖啡飘出的芳香放射出光芒

于是，我常坐在星巴克的木椅上
等，再加一个杯子
杯子端庄地立在我的面前。

这就是我喝咖啡的理由

在某个地方也有一个杯子在等我

2014年1月5日

今年冬至这天

这一天冬至
可太阳却早早地出来了
世界上只是冷点　一切都很平静

我站在高高的地方
什么也没有看到
发现有一只小蚊子盘旋在我的鼻尖上
要求降落

冷风泼我一身
我突然打了一个辽阔的喷嚏
一个末日发生了
那只小蚊子在我端起的碗里挣扎
碗里是滚烫的肉汤

这一天冬至
全世界的人都经受了一次寒冷和死亡
从此，我们相爱吧！
因为我们早晚都会死去

2012年12月21日

纸　条

我整理尘封多年的日记本
飘出一张发黄的纸条
我闻到了三十年前紫丁香的味道

我急切地叫你看什么是岁月
原来是一层浅浅的黄色
还有纸条上"我爱你"已经模模糊糊

你看着纸条微微一笑说：
那个晚上教室的月光比灯光亮
写给小弟的纸条
被风奇妙地吹到了大哥的座位上

我很茫然地看着纸条
你又怯生生地补充一句
当年，这张纸条不是写给你的……

2014年6月29日

与我相逢的不是女人

很平静的一天我的血液发热
我知道人间要有大事发生
我和你相见了
世界要翻天覆地了

我们表面次序依然内心一片混乱
乱得没有了方向乱得找不到自己

你端坐在那里美丽弥漫了整个房间
一盆水仙花一直冒着淡淡的绿烟
飘进你的衣袖
又飘出你的领口
你白皙的脖颈香气迷人

你一只手扶在竹椅上顿刻箫声悠扬
你另一只手托起茶杯顿刻清水潺湲

你诗的语音弹奏高山流水又突然中断
你像个孩子笑笑
却让我的心中充满泪水
我面前有一条河　我被彻底淹没

整个夜晚我的微笑一直望着你
你这个女人胜利了

在这个胜利的时刻你流泪了
你的瞳孔里有一杯清茶
澄澈的茶水流淌一地月光

人间月光依旧　什么大事也没有发生
让我们翻天覆地的是你我相逢

2013年8月17日

情 秘

有一天他爱的那个女人走了
他望着一秋的枯叶悲伤得纷纷扬扬

一片殷红从窗口飘落到他的床上
他做了一夜的梦
梦里他用枯叶卷了一支香烟
烟缕在小屋里悠然飘荡

醒来他捧起女人留下的一个厚厚纸包
女人告诉他：想我了就打开一层

从此每开一层都有一片花瓣
每开一层都有一滴水声

他手捧纸包不再寂寞
自己躲进纸包里一天天过得美好
他一层又一层打开
有一天夜里他打开了最后一层

就是这最后一层让他十分震惊

他望着月亮大哭

他恨自己为什么？为什么没有死去

2009年11月27日写

2013年8月6日改

梦里溅出泪水

我在梦里见到了你
泪水溅出梦外湿了我的枕头
也湿了我月下明亮的心情

梦里是你我相聚最好的地方
我一直想睡在梦里
梦里不分南北可随时见面
梦里也不分阴晴圆缺
悲欢离合没有地点也没有时间

我渴望夜夜有梦　梦梦有你
一宵长梦胜度一生
我真想长梦不醒
因为醒着只能绵延不尽地想你

想你想你想得入睡了
我于千里之外睡在你的身旁
我睡觉的呼吸声一半响在我的枕畔
一半响在你的耳边

梦里的爱恋柔柔和和没有顾忌

醒来后方有一点羞涩
梦里的别离朦朦胧胧没有结果
醒来后才是真正分手

醒来看月亮总是在遥远的天空微笑
也只有在梦里才能捧在我的手上

梦里我梦到了一条想上岸的鱼
鱼梦到了蝴蝶
蝴蝶梦到了你才飞来找我
我看到了那只蝴蝶落在你的两腿之间
我血脉膨胀
床上梦里我度过了人间美妙一刻
如果此刻醒来比我死去还要难过

我渐渐离梦而出　你慢慢离我而去
我哭了哭出声来哭醒了
悄悄抹掉泪滴想起来
你并没有离开我
你只是在远方

2009年11月2日写
2013年8月18日改

2月2日的某

某从香艳的肉里长出来
不知不觉地生长柔软而又坚硬
世界上又多了一根琴的弦

在香雾弥漫的地方
我的指尖轻轻捻动着某
琴音从一堆肉里迸发而出
在空中飘过又落回大地

我的痉挛同某一样蜷曲着颤动
人间全部的月光荡漾在床上
某的一端挑着晶莹的一滴
大海失去踪影
肉体里聚集了大片的涛声

经受一番狂潮之后
某脱落在浅蓝色的床单上
此刻的天空正飘荡着一片羽毛

某几乎没有见过太阳
除了作证不知道自己还有什么作用

某是一根阴毛啊

有人听错了说某是一个阴谋

2013年2月2日于深圳

那个地方

那个地方一直闪耀着光芒
那道光芒放出味道
空气中飘荡着薰衣草的紫香

就在那个地方
气味从一个美人身上散发出来
大雾弥漫大雾里太阳拍动着翅膀

一片片光的羽毛飘落大地
人类心脏的羽翼慢慢丰满
红色小鸟在胸膛里飞翔

红鸟乘着血流的气旋
在海阔天空中坚定不移地找那个地方

那个地方月亮的水把夜色冲得很淡
太阳的火把天空烧得更蓝
那个地方蟋蟀的叫声把大地闹得很静
白帆的长风把海面拂得更宽

那个地方远不可见

是无限缥缈的一个茫茫的点
那个地方遥不可及
是永远延伸的一条细细的线

那个地方男人都要去只因美人笑在雾里
那个地方女人也要去只因太阳高在天空

那个地方有没有？那个地方在哪里？
谁也不知道。谁也没有到……

2009年11月15日写

2013年7月22日改

又找那个地方

我一直都在找那个地方
那个地方在哪里?
与美人分手后我发现那个地方确实有

宇宙的一切发生在美人身上
美人身上有微粒有天地有四季
有日月有雨雪有高山有大河

我与美人相见就是微粒碰撞
就在我与美人拥抱的同时我看到:
南下大雨北飘白雪
东升太阳西落残月

绿蚕静静地呼吸让树叶变成了丝绸
雨水悠悠地飘荡让白云变成了纸张
美人轻轻地呼唤我的名字
我不知道我变成了谁

美人离我很远
掀动我衣角的却是美人身上的风
美人就在我的身边

可美人的声音却在远方海上回响

美人走了我追踪着美人去找那个地方
我在花朵里找到了太阳
在石头上找到了鱼群游弋
在一粒小沙上找到了逃窜的海浪
我看到了美人站在那里
那里就是我要找的地方

今天我知道了美人就是那个地方
因为那个地方
不仅闪着光还唱着歌还飘着香

2009年12月1日写

2013年7月24日改

暖洋洋

我思念你的时候就是我与你对望
向日葵圆圆的脸望着太阳
金黄对着金黄　天与地暖洋洋

你微微一笑我找到了方向
我进入你的体内望你
看到我奔腾的血液躲进你的心脏

我望你用我的一生
用我一生的全部
用我一生全部的血液
血液一直望你望到一动不动
望到最后一滴悬在空中

后来我与你在一颗微粒中对望
那个美丽世界里有一束永恒的光
那束光照耀着向日葵照耀着太阳
照耀得我与你暖洋洋

2009年10月28日写

2013年8月7日改

一个小市民的9月1日

被一个梦压着起不了床
六点钟之后我才慢慢清醒过来
想着刚才的梦
看看窗前还残留着一点如霜的月光

现代人啊，何处是故乡？
故乡就是这张床
载得住肉体却载不动落叶缤纷的梦想

今天这棵大树名叫星期日
树下有一个巨大的蚁穴
蚂蚁倾巢而出树上的叶子渐渐落光

茫茫大地没有我能去的地方
只好在床上继续做梦哪怕是一枕黄粱

星期日的早晨人们常常醒来又睡去
那觉似梦非梦朦朦胧胧
忽然门开
一个女人袅袅进屋
煎黄花鱼的香味在房间里飘荡

2013年9月1日

一个小市民的9月3日

今天喝酒遇到了李白
还遇到了李白最美丽的一位侍女
她说她为李白喂马还替李白写诗

我喝光一瓶酒后大呼我有冤屈
李白笑笑：去让高力士脱掉你的靴子

高力士高高在上
我一个人沿着台阶拾级奔走
感到孤立无援感到月光十分残忍
感到月下的吟诵犹如猫叫

唐朝就在我的前面
我身后荒凉
我魁梧高大却不如小个子李白得意
我微博上那么多的诗却厚不过一张宣纸

我让李白的侍女过来
一阵风扑面而来还带来一股香气
风吹响了酒瓶翘起的小嘴

酒瓶娇羞恼怒：不要浑噩胡闹

不然让你彻底不省人事

2013年9月3日

一个小市民的9月4日

我更爱女人了
女人给我做了一桌生动的饭菜
让这个早晨一片金黄

蛋黄滚动一轮太阳蛋清飘出一朵白云
牛奶泡沫在嘴唇上留下一抹香甜
油炸大虾闪烁光芒

肉体被这样的早晨照耀
我的灵魂才能在肉体上启程一路颠簸

晚上我为女人炖一盅月光
女人说月光太凉今夜自己正潮起落红
女人说男人只管用心去爱
做饭是女人的事情

我悠闲地品尝厨房里的声音
厨房里鸟儿歌唱令我觉得天清地爽

我更爱女人了
是女人精心养育了我的肉体

我的肉体一直都在回避一场疾病
尽管那场疾病还没有发生

我不惧怕是因为女人会解除我的痛苦
女人啊比一片布洛芬还要慈祥

2013年9月4日

一个小市民的9月17日

我继续昨天没有整理完的影集
桌上像个集市人群熙熙

有一群人向我拥来
他们是小学的我中学的我知青的我
一片灰白
大学的我已经有了色彩

我小学的一张相片在嘲笑我：
你这个老头还活着
一张我手握镰刀的相片羡慕我：
你现在连肉都吃够了

此刻我感到远山之巅有一弯月亮
把云朵削成纷纷的苇花从泥塘那边飘来

飘来淡淡记忆落上我斑白的鬓角
落上我依稀的睫毛
在这群相片里有一个女人向我微笑

那种朴素的妖艳震撼得我双手颤抖

我拿起相片却想不起来她是谁?

她是谁啊!

我要用我剩余的生命坚定地反复追忆

一定要想起来她是谁⋯⋯

2013年9月17日

一个小市民的9月18日

在满是汗味的小巷里碰见一个女人
她拉着我的手说：
要寻找清爽，走，去看月亮！

我们走了好远
从一个小巷走进另一个小巷
所有的路都纠缠在一起
所有的路都系着一个有月亮的地方

后来找到了一个水塘
我的一个眼神惊动了一只青蛙
平静的水面乱成一团
月亮在一张荷叶上笑声朗朗

此刻我才发现这个夜晚并不平静
到处响彻纷至沓来的脚步
月亮的笑声也飘出了芳香

也是在此刻一条裙子漂浮水面
水塘里落满了荷叶和云朵
那个女人不见了

我不由自主地抬头看看天空
那颗赤裸的月亮在天上

2013年9月18日

一个小市民的9月21日

站在海边会感到天摇地晃
我的心里涌动一种莫名的忧伤

我看到一个女人手执一支香烟
站在海边遥望大海站在东方遥望东方
她吸了一口香烟优雅地吐了出来
然后漫无边际地寻找那片云彩
眼睛里含着一朵波浪

我突然发现
蓝天下大海在飘
大海是一条蓝裙子在飘
蓝裙子是一缕淡蓝色的烟在飘

而我此刻的忧伤是大海的一朵浪花
是蓝裙子上的一个图案
是那一缕缕被风吹散的轻烟

2013年9月21日

床上阴谋

走进熙熙攘攘的汉唐宾馆
我把阴谋听成了阴毛
的确，我发现了一根油亮弯曲的黑毛
在洁白的床单上缓慢爬行

这一夜，一个苍老的旧梦又哭又闹
我在朦胧中飘浮
我的鼾声喷出烦恼的气泡

枕头里有人娓娓而谈
北方一片最大的雪花盖在我的身上
一个女人站在床边说有东西给我

我在半醒半睡中起床寻找
又发现一根半白半黑的阴毛蠢蠢欲动

我从床垫下找到一个信封
这张床上睡过的人留下一张纸条
纸条上这样写道……

2013年12月13日

雨　水

我和你走到一起　天就下雨
雨水淅淅沥沥
敲打得芭蕉叶叫痛
痛得黄瓜斑痕累累在根部叫苦

两人为何要躲躲藏藏
到伞下面玩弄云云雨雨
在阴雨天里寻求缠缠绵绵

我和你只走了一个晚上伞便枯萎
还没看到月亮便全身湿透
此刻我们需要一点灯光的干爽

来到一块牌匾下雨突然小了
你说月亮出来了
我也感到一身风平浪静
同仁堂屋檐下的雨滴是清凉的仁丹

2014年4月7日

清明日

我闻到你的气味
看到你的影子或者听到你的声音
再或者想起你　我就勃起

我的硬度穿透了自己
体内的精液席卷我的灵魂呼啸喷出
射向你！

牛鬼蛇神潜伏在千万个精虫里
无数的种子生长着香花毒草
那群里有一个是我儿子

清明之日　迎来你的卵潮汹涌时刻
我的精虫被温柔孵化
吕氏长长的血脉虹贯大地

2014年4月5日

钉 子

我把一枚钉子钉在墙上
完全是为了你
用一枚坚定的钉子宣誓我的决心

我爱你！如同那枚钉子死死地钉进去
不再移动直到与墙同归于尽

那枚空空的钉子
孤零零地挂着自己的影子
一直渴望能够挂上你的一条围巾

墙上结满蛛网那天
我那枚钉子挂上了一顶别人的草帽
你的心情迅速潮湿
我的那枚钉子很快生锈

2014年4月6日

同 琴

自从你我相爱
我们就被琴声感染
你电话里的语音都有琴弦的曲韵
我的几声咳嗽也有旋律

你我相隔千山万水
我们也同抚一琴
不然那微微清风
怎么会不含一丝烟尘
纯净透亮轻轻拂过你我传送琴音

今夜明月四处流淌
那是琴声发出的光
照耀你我
我看到你那张
望月的脸楚楚可怜
还有你那抚琴的手给了我丝丝温暖

今夜的风是琴声
今夜的琴声不冷
我为你解开衣扣让琴声吹动我的衣襟

让风低述你的思恋

大雾蒙蒙的琴声里
我紧紧地拥抱了你
尽管你不在我的身边

海有涛声花有雨声你我有琴声
在渺渺幻幻的琴声里
无论我们分离有多远
我也能触摸到你的肌肤
听到你的呻吟
感受到抚琴的欣慰
还有风这千里丝弦传来你的心颤

今夜你我各在南北
我们正在同琴拨弦
琴声丝丝琴声漫漫琴声浩浩
琴声无所不在
琴声送风琴声发光琴声吹香

琴声盎然新竹又生
琴声瑟瑟古松落叶
琴声眺望一撑伞人走了
琴声翘首期盼远去的人归来

今夜里你和我南北张望着

我们都躲在琴声里

躲在生命里

看不到那束永恒的光

我和你只有一路抚琴

播一路琴声

直到有一天走到一起破茧而出

人琴俱亡

你和我在微小粒子里相爱

在寂静声里听琴……

2009年10月23日

雪　祸

雪花飘飘大雪覆盖了天地
冬天的花季
旋着浪漫的舞步潇潇洒洒地来临

天地茫茫皑皑一色
一个女人
这个冬天花季里的女人在大雪中唱歌
歌声漫天飞舞
飞舞的雪花沾上月光
大地天空波光粼粼

雪花飘飘大地在飘天空在飘
飘得天地很轻

女人在大雪里等待远方少年
用手托起几瓣雪花
雪花在女人手心里坐禅
坐化成一泓清泉

雪花盛开
只开出一种颜色却是缤纷炫丽

因为雪中有美丽的女人
风旋着雪花四处飘送美人身上的香气

女人站在雪地里
雪地生长一片绿色
一件浅绿色棉袄传播人间暖暖春意

女人在大雪里等待远方少年
脸上落了几瓣雪花
雪花在女人睫毛上坐禅
坐化成几颗泪滴

雪花飘飘大雪覆盖了天地
远方少年驾驶摩托乘着雪花
沿着美人身上香水的味道一道寻去
美人盛开在雪花丛里

大雪纷纷扬扬
天地开放出一朵洁白美丽的雪花
那朵雪花的小小一瓣
落入少年的瞳孔
少年眼前一片白光炫目看不见月亮

突然一声爆响

血光四溅洁白的雪地上落下一片红英
莽莽白色的肌肤渗出一摊鲜血
大雪继续覆盖大地

少年在大雪中融化了
所有的雪都会融化
美丽的女人仍然花开四季香气依然袭人

2009年10月22日

少妇之谜

一位少妇喜欢静静地赤裸着看海
喜欢听雨声睡觉

海滩没有足迹
一双高跟鞋栖息在孤礁上
闪出月亮的黑光

古龙香水气息笼罩着海面
海欲在膨胀

大海默默上升
一百个世纪也无法超越一座山
海真的渴望爆炸

天落雨了
湿衣服使女人躯体更加美丽

少妇在雨中站着
听到了身后一座城市里
玻璃窗上反光的声音
还有一辆汽车正在被撕碎

雨里，少妇赤裸着静静看海时发现
海有翅膀
天下雨时就是海在飞翔

少妇在海边站着站着睡觉了
天空什么也没有

大寂静弥漫过来
香水味消失后大潮退去
雨也停了

在旧梦里少妇一声惊叫
喊出了一个人的名字
一只海鸟突然飞来
在少妇的头上盘旋不愿离去

湿衣服晾干后随风飘逝
海边有一棵光洁的树

1983年10月29日

蝶是花（我和一个女人的情爱史）

一、不是开始

这一天这个时刻
天空开满大片花朵
大地飞舞成群蝴蝶
花朵和蝴蝶上下翻飞
天地斑斓缤纷绮丽

这一天这个时刻
我和你沉浸在这无际的色彩中(色)
听神经奏响的音乐(声)
品肺腑呼出的气息(香)
饮躯体流出的花露(味)
我和你牵手同行(触)
踏上一径心路走上一路彩虹(法)

这一天这个时刻
你身上落满蝴蝶鳞片
我身上沾满花朵芳香
我找不到我
我是花还是蝶

我也找不到你
你是蝶还是花

这一天这个时刻
我和你开始用一生的速度
向太阳飞去
在强大的光芒里我和你变得辉煌
在光的汪洋中我和你被溶化了
渐渐透明慢慢消失……

二、色

这一天这个清晨
你向我走来
太阳正在升起
霞光万道天地间光辉灿烂

你身后跟随一丛蝴蝶
蝴蝶炫目七彩
令我看眼前的江山失血失色

你随风而动的长裙
你手中挥舞的草帽

是几只大蝴蝶
它们起舞云彩的英姿海涛的气势
向我扑面而来

我问你如何不见江山多娇
你微笑答我：需要种植
我顿然明白地球也是太阳种植
种植是生物的天性

你把草帽挂于树顶
树盛开一朵大花
你的长裙短衫叮当落地
一丛丛花朵灿烂而生

这个清晨里你赤裸着
任何一丝都是多余
在花丛里你纤细的身体
让我看到远山蜿蜒流畅
你身体的波浪
让我看到大海汹涌激荡

你让花起舞成蝶　染碧一江水
你让蝶落地开花　红透半边天
你是蝶你是花

你让我让我看到了
江山如此多娇

三、声

这一天这个上午
我走近你的时候
就有音乐声悠扬响起

在你赤裸的曲线里
我听到一把小提琴闪着光芒立于花丛
听到马思聪《思乡曲》流下凄美的泪

你身体里的琴声
是太阳寂寞的碎屑飘落下来
飘落片片雪花

雪花也是花朵也是蝴蝶
雪花刹那间融化告诉我们
无论是我和你无论是蝶与花都有刹那

欣赏刹那
去听一曲琴声一串音符

琴声中蝶起涛声
音符里花落雨声
涛声雨声在你纤细的曲线上滑动
你身体的琴声催人泪下

你的缕缕琴声绕梁三日
又牢牢将我缠住
我不再一叶小舟乘琴声远去
不再穿越千山万水
我只需要穿越你

花朵上的泪珠
来自空中蝴蝶的伤怀
琴声从你的身体出发
走入我的心底生根
我被你身体的琴声陶醉
醉成一泓流淌的曲子
醉成了一把大提琴

我与你用灵魂和肉体合奏
在我们合奏的琴声畅怀旷野的时候
天空飞满了蝴蝶
大地的花朵全部开

四、香

这一天这个中午
我只要闻到那朵花香
我就强烈地想你

尽管你就在我眼前
只要我和你有一点点的缝隙
就是十万八千里
我们要的是融为一体

我和你紧紧相拥
开始深深呼吸
我要把你全部吸入我的肺腑
让我的每一次呼气
都飘荡你的气息

我嗅你的长发
长发制成二胡的琴弓
我嗅到了映月荷香的清凉晚唱

我嗅你的胸脯
辽阔草原水草茂盛
我嗅到了芳草酿制的乳白奶香

我嗅你的阴蒂
幽谷山涧生机盎然
我嗅到了清馨墨兰悄然蝶舞

我嗅你的纤足
阡陌大道滚滚红尘
我嗅到了车前子黄花随风飞扬

我嗅你的影子
你的影子都充满了味道
何况你的肉体
你的肉体有全世界的香味

我深深吸你
你的体香弥漫我全身每个细胞
我的体内不再安详
开始有蝶开花有花舞蝶

五、味

这一天这个下午
我需要把你含在嘴里
我渴望把你吞入我的体内

太阳暖洋洋照耀大地

把你的身体照得透明

你身上幽蓝脉管

我用舌尖发现是几条细柔的葡萄藤

你在太阳的照耀下打个哈欠

吐出一朵睡莲

你又微微一笑

开放一串丁香

你和我赤裸躺着聊天

话音一落身边蝴蝶翩翩

我向你讲红楼梦中黛玉葬的花在哭

哭透了两百多年

哭泣得书页发黄

你告诉我梁祝化成的蝴蝶在哭

哭湿了漫漫民间

哭泣得故事苍白

我发现你也潸然

我问你为什么流泪

你说你的泪滴想我

我吃你的泪滴发现是咸的

我激动得全身发抖
我知道你把你的大海给了我

我双眼泪花
轻轻含着你的乳头静静地品味
随着太阳慢慢移动
随着影子悄悄变化
我尝你的味道一会儿是酸一会儿是甜一会儿是苦

六、触

这一天这个夜晚
我有一把钥匙
向你插进去
我要打开你这把锁你这把柔柔的锁

你说只有我这把钥匙
才能开启你
开启你关闭二十三年的肉体和灵魂

你两腿间柔嫩的花瓣
是蝴蝶在安睡
你那蝴蝶的两翼一直静静地合拢着……

这个夜晚月亮高照
你两腿间的蝶翼开始徐徐展开
你肉体的光芒照耀天际

这个夜晚月亮高照
你两腿间的花蕊喷出阵阵妙香
你肉体的歌声响彻四野

这个夜晚是一个古老的夜晚
是雌雄都在相互摩挲的夜晚
这个夜晚
你不再只是用你的笑脸
而是用你的肉体向我微笑

我开始漂浮在你肉体起伏的波浪里
纤纤的纤体
细细的细腰
圆圆的圆臀
耸耸的耸乳
幽幽的幽道
你是一条曼妙的河
在你的波浪里你把我载向欲死欲仙的海

这个夜晚你使我富有

抱着你我就拥有全世界
这个夜晚你使我善良
爱了你我就爱了全人类

七、法

这一天这个深夜
我喷射了
那是我的全部更包括我的灵魂

我在你肉体的河里起伏向天空飘去
黑夜已不存在
快乐是一盏明亮的灯
我和你躲在那里十分温存

我在你微微阴蒂上找到了你
我在你小小乳头上发现了我
我含你的乳头乳房不再肿胀
你抚摸着我
说我像个孩子
哪个男人不是女人的孩子

我和你安住一只蛹壳

这个深夜我和你破茧而出
羽化成一只蝴蝶同体飘升当空飞舞

我和你是一只雌雄嵌体的蝴蝶
左雌右雄
我和你是一只蝶花同体的花朵
色香共生

我和你生下来
就是蝴蝶就是花朵
你我合一天地合一万物合一
一合宇宙
宇宙也是一只大蝴蝶一只大花朵

宇宙的花蕊
生长在你柔美的两腿之间
这个花蕊广大辽阔
花蕊把我吞没

在花蕊里我轻轻拨动神经之弦
兴奋的波涛一浪高过一浪
我们快乐得死去活来

这个深夜自远古就极度美妙

我们的欲望和快乐
在这大好的夜里随风飞扬
天际中你我间
蝴蝶和花朵上下翻飞

八、不是结束

这一天这个当下
色、声、香、味、触、法
六尘腾空弥漫
六尘中飞出蝴蝶　飞出花朵

这是佛家惹的尘
尘中月影稀疏
万事万物的美姿神态纷纷落下
落一地枯枝

旭日初升
枯枝萌芽
宇宙中有花歌蝶舞　一片歌舞升平

我和你往复回旋
六尘中花开花落　蝶飞蝶落

又是一落
又在太阳升起的地方落下一个起点

我和你灵魂乘风化蝶
你和我肉体落土生花
蝶是花一体空去
去那遥遥无终的银河里沐浴
去那小小无极的微粒中饮茶

这一天这个饮茶的当下
蝶随花落　花随蝶飞
天地空空
我心荡荡无着
你赤裸的纤体寂寞无染

这个当下发生的许多事情无我无常
都过去了
过去了就没有了
没有了就是没有了

当下天地之间有四句话还在循环着走
落花舞蝴蝶
蝴蝶蔽天涯

天涯送清风

清风唱落花……

2009年8月13日

小木屋搬走了

她对着大山
呼唤一个男人的名字

她永远也忘不了她呼唤的男人
尽管只见过一次面

那是一个多雪的冬天
雪盖住了整个大山
她迷路了
恐惧是一片雪花
冰凉而默默地飘落下来

她拼命呼喊着人
他出现了
他是人
反而更增加了她的恐惧
他是一个粗壮的男人

他有一种感觉
那老人讲的比死亡还坏的事情就要发生
他把她带进一间小木屋

那是一个男人的世界
墙上钉满兽皮
还挂着一支猎枪

那一夜男人守在门外
炉火一直在微笑
她没想到睡了很好的一觉

当那个男人
把她送走的时候
红着脸说出了自己的名字
还说应该理解他
他不是那种男人

春天她准备把自己交给那个男人
却找不到他
小木屋已经搬走了

她急得流泪
对着大山
呼唤一个男人的名字

1982年3月24日

河里漂浮着一块石头

温柔的河水漫过她的头顶
她睡着了
只活了十八岁

在她沉没的地方
有一块石头露出水面

她长得很美
从小死去了母亲
是她的父亲把她养大
大了
就走

这是做父亲最难过的心事：
女儿没有爱过男人

他常在河边望着那块石头
后悔不该同意女儿过河
河那边有什么呢?

在女儿死后整一年的那天

他走向那块石头
突然发现从水底慢慢升起一只鞋
石头也在晃动
石头上开放一朵蓝色的小花

他跑回岸上
让人们看那只美丽的鞋
是女儿的
并惊奇地宣告：
河里那块石头是漂浮的
河水却冲不走

那一天月亮出来的时候
人们都散去了
父亲还在河边望着那块石头

只有河水知道
河对岸还有一个流泪的青年

1982年7月2日

翻过那座山吧

她对远方那座山习惯了

抬头总是那座山
山上到处都是石头
再往上就是云

过去她认为
进山不是女人的事情
女人只需要有一个男人
好让自己伏在他的肩上哭个痛快

一天夜里
她听完一段广播后突然产生了一个念头
想翻过那座山

早晨，她趁丈夫不在家的机会
果断地上路了
走了一天
太阳已经疲倦
她终于来到那座山的山脚下
风变成了黑色

山上没有路
她开始寻找
她知道这样是很危险的
腿上已经划破一个口子
鲜血使她恐惧

她哭了
沾着泪滴的眼睛
看到一块形状古怪的石头
那树叶坠落的声音
使她想睡

太累了
她已经没有力量爬山
那座山十分强大

1982年3月27日

婚礼在默默进行

这一天，我举行了婚礼！

梁祝之蝶
自古代飘来
自潇湘馆飘来
飘来一个小小的流泪的主题

落在今日主题变得明媚
蝶成了一枚标本
我没演悲剧
我举行了婚礼！

夜里
我和我的未婚妻正看明月
一个洁白的雪花
如蝶翼落在姑娘的脸上化成泪滴
是嫦娥在哭？
是我的未婚妻微笑着流泪！
她说：我们相爱
不用奔月不用化蝶

我在月光下凝视着姑娘

似见洛神

我在低吟

吟那姑娘瞳孔里滴出来的句子

句子很美

不见蜡烛低泣的病态

只有晴空下如虹的曲子

莲朵上如露的词

这是婚前的一个美好的月夜

我和姑娘相对无言

说出的只是泪滴

宏大的爱情呵

不仅吻

连情人欣喜和烦恼的泪滴也是你的作品

明日就是婚期

今日不要离去

筹划一下吧

婚期，我们俩人盛大的节日

翻开衣袋翻开存折

人民币不到100元

储蓄最多的是爱是情感
仅仅这些
我已满意她也满意

仪式：一次普通的旅游
礼服：两套整洁的工装
像什么事情也没有发生
可是，婚礼呵
爱情的一个美满的雕塑就要完成

夜里我和我的未婚妻正看明月
月渐淡淡
那些凄美的故事已经褪色
时针沾满露珠
太阳的演奏就要开始

我在写字台上做了一个扑蝶的梦
醒了
她微微一笑
给我送来一个春日的清晨

今天，就是我的婚期
今天的日历庄重地宣布
我有权称她是：我的妻

是我的妻
今天和往日一样
不过路长了一点通往郊外
人多了一些来了几位朋友
没有鞭炮
没人胭脂
也没有红"囍囍"
窗帘的淡绿色就是妻的主张

今天
我们在民政局轻松地翻开了一页日历
今天
我们的婚礼在默默进行

一颗圆润的果子
在太阳的寂静中成熟
成熟了爱成熟了相思

是的，即使有一天
妻在河边折柳
我在异乡饮泪
我们俩也不会将生命枉然泼在地上
妻脚下还有路
我手中还有笔

今天在婚礼默默进行之中
我想起了博物馆里的铜镜
铜镜也许还记得一位姑娘的愁颜
今天是玻璃镜子的时代
可那玻璃的碎片也有痛苦的记忆

我邻人的一个姑娘
婚前有过滂沱的失恋
婚后又临蹉跎
戴着金项链的爱情
如同载着镣铐
如同拉起蛛网
蛛网：上面沾着一片漂亮的花瓣
还有苍蝇还有蚊子

我没演悲剧
我是二十世纪后期的青年
举行的是简单而朴实的婚礼

婚礼自沉默中立起
立在我的记忆
立在妻的记忆
今天一页平平常常的日历

今夜我和妻又看明月

妻依住我的肩头

眼睛在絮语

我们相爱

不用奔月不用化蝶

月又西偏

我说睡吧，

妻说依你

灯熄了

窗外明月皎皎

月光下有一个小小的不能生锈的主题

1981年12月30日

一个浪漫的女人和月亮

她看太阳落山
等待月亮发出奇特的声音

她的衣襟太静了
没有风
没有男人来碰她
而血液一直在骚动
她要不倒下只好靠在一棵树上

她在等待那个声音
据说那人声音天黑以后到达

天还没有黑
她有些饿了
月亮，是一颗遥远的果子

她抬头看看天空看看身边的树
突然发现
死去的树也站立着
她果断地决定还是走一走

路上有许多人

她的目光射中一个男人之后
接着熄灭
有一颗泪滴犹豫地落下

一个疯狂的夜晚
凡·高割掉了自己的耳朵
她走进的夜晚
难道就没有一个让血液奔溅的男人

总是这样平静
月亮还没出来

月亮出来了，很完整
她的丈夫站在她的身边

她有点害怕
纽扣全部解开
那个声音却没有出现
丈夫注视她的乳房
说她太美了

她已经感到：

丈夫并不爱她
但却强烈地需要她

有了丈夫仍然平静
她要继续走走
可死去的树仍然站立着
也许一百年后有群孩子走过
树能变成尘埃

可现在不行
她血液骚动的声音
含着整个东方的痛苦

月亮下，一个女人的血液高叫着：
我感到宁静
那个声音终于出现

她在许多人群中
发现了一个真正的男人
她扑进他的怀里
开始哭个痛快

她的哭声
使一个夜晚变得疯狂

那个男人不是她的丈夫
却非常爱她
只要看看她
就再也不需要别的了

她紧紧地拥抱着他
两个人的肌肉在燃烧
幸福使她恐惧
她真想在这幸福的时刻死去

她也认真地看他
这个夜晚十分美好
残月高悬天空

1983年7月19日

诗人之恋

一

一个疯狂的夜晚
凡·高割掉了自己的耳朵

那只耳朵一直在飞翔
一直在寻找一个美丽的声音

许多爱情鸟纷纷落下
那只耳朵
还没有归宿
还在痛苦地流血

二

一个诗人
在镜子面前站了许久
发现耳朵没有飞走
总是两个
头颅一直保持着平衡

这是东方中国的公式：
有一条黄河
还要有一条长江

当他平静地接近一条河
看到一只船顺着水流漂去
船上有个少女也飘向远方
许多水也飘走了
变成了云

他突然发现自己的心脏
蹦跳在沙滩上

三

后来，水缓缓流动
心脏在沙滩上疲倦了
变成了卵石

当诗人又一次见到船上的少女
发现了奇迹
就在那一天
远方的钟声使淹死的人

浮上水面
她是新世纪的女性
手里玩弄着火柴

她把划着的火柴投到水里
那块卵石突然爆炸
从此她便是他的
一个不可治愈的伤口

四

雪花平静地开放
人们感到寒冷却不责怪雪花
因为它们美丽

她在雪天里穿了一件淡黄色的毛衣
走到他的面前
她向他微笑
说她永远离不开那条河
尽管河水就要结冰

雪花平静地融化
她的美使他感到悲剧的序幕已经拉开

他恨她的存在
是因为她还会消失

雪花制不成标本
自古以来就下雪
全人类都在下雪

五

她又一次挥挥手走到船上
他望着她的背影
他要坚定地做到
使她忘不掉自己
他开始顺着那条河走下去
他曾爬过一座山

六

他渴望和她见面
更渴望永远不再分开

他在岸上

向一片大水呼喊
波浪们发现了这个秘密
在几块礁石周围喧哗起来

顺着那条河他坚定地走着
他知道这个世界
一群孩子什么都不懂
一个老人知道的又太多

一个能让血液喷溅的诗人
停止生命可以
却永远也不能停止爱她

七

一个夜晚慢慢变得疯狂
他和她终于走到了一起
俩人在一条船上
发现了爱情比人生更长

俩人的神经已经点燃
躯体就要发出巨响
现在

是一生中最好的时刻
他俩已经忘掉了自己

俩人一点也没感到痛苦
就被粉碎了

八

诗人慢慢沉没了
在水底安详地望着天空
他死的时候
才发现月亮是圆的

世界又很平静
天空还飞翔着凡·高的耳朵
水面还有一只小船

1983年8月5日

嚎叫的伞（写在结婚五周年纪念日）

一、水泡声

我们相爱那夜天正下雨
你说这么大的水
人无法逃避

有一颗最大的雨滴
落在你的发上
鱼腥弥漫
天空高悬一只湿漉漉的鸟

月亮被雨水泡得很淡
在茫茫的雨里我们强烈感到
伞就是船

你把头靠在我的肩头
求我把伞撑开
然后告诉我那颗最大的雨滴
刚从海里来
海上有大船倒塌
当你说话时脸微红

伞下一朵蒲公英正在开放
你把湿裙的结打开
我们共同听到了一种声音
水泡在空中凝固然后破碎

水泡在我们的血管里震响
我认真看你
水泡声挡住了我的视线

二、月影悠悠

无数长长的雨丝垂钓一尾古月

古月游来游去月影时明时暗
静夜里谁拍了我一下肩
我问你
你说死亡一直跟着我们走

你慢慢把湿裙脱掉
丢到伞外
大树顷刻舞动婆娑的影子
影子吹着口哨
变成几只动物在静夜里游荡

那颗最大的雨滴消失了
我们发现了海的命运
我也知道了在雨里衣服没有用处

不如让纽扣落地生根
还能长出一棵怪树

我把衣服把伞全都丢掉
彻底拥抱你
彻底吻你
彻底彻彻底底
此刻既是过去也是将来

三、欢乐如泣如诉

就在我彻彻底底的时候
你哭了
边哭边说
你想到了死才寻找欢乐
然后用嘴唇抚摸我的胸膛
不让我难过

你唱歌

边流泪边唱歌
你的歌声使几座石像走动起来
歌声中断
你说只唱给我一个人听

天空灌满了云朵和风
我和你丢掉了伞
跌落在大雨里
成了一对溺水者紧紧地抱在一起

我吮吸着你的泪水情愿淹死
我心里喊你的名字
这样尽管被雨淋湿也不会被风带走

我的舌尖触摸你的乳头
我听到了涛声
你的乳房里面流动着宇宙之水

痛苦真正开始了
因为我们知道经历一阵颤动之后
我们还得分开
还得去死

四、嚎叫

我和你想到了死
天才真正黑了下来
月亮深深沉入天空
雨开始撒网
你说海风来了让我捡起那把伞

伞下很冷
但我们感到有一盏油灯已经点燃
你让我躲进你的怀里
你要亲手把我毁掉

你柔软的胳膊太凉
我发现你的肉体是我生命的镣铐

伞被你旋转了一下雨滴四射
我把你抱得越来越紧并坚定地说：
这个夜晚
需要你来完成

夜里你的肉体闪出光芒
夜不再冷
觉得夜无限无限宁静舒展

夜里你领我走进了一间温柔的小屋

就在此刻
伞突然开始嚎叫雨滴疯狂四射
恐怖的声音
在我们两个人共同的世界里久久回荡

1987年12月30日